人

LIFESTYLE MAGAZINE

VOL.01 試刊號
APRIL.2012

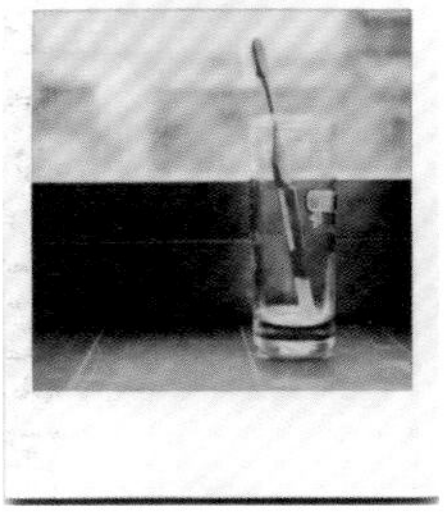

Contents

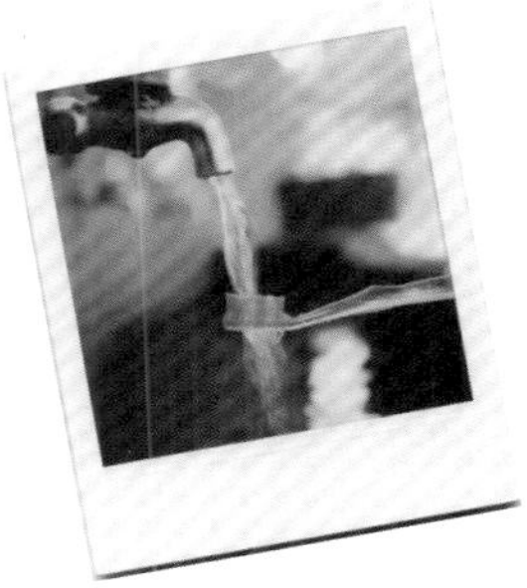

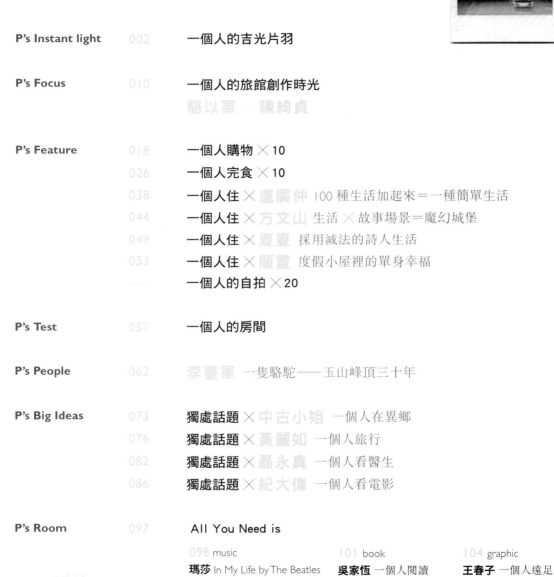

一個人的吉光片羽

晴天，雨天，每一天。
與世界接軌之前，先練習跟自己說聲早安！

Tuesday

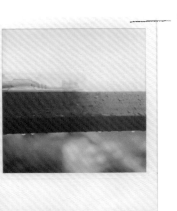

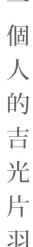

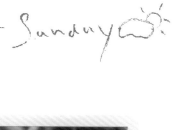

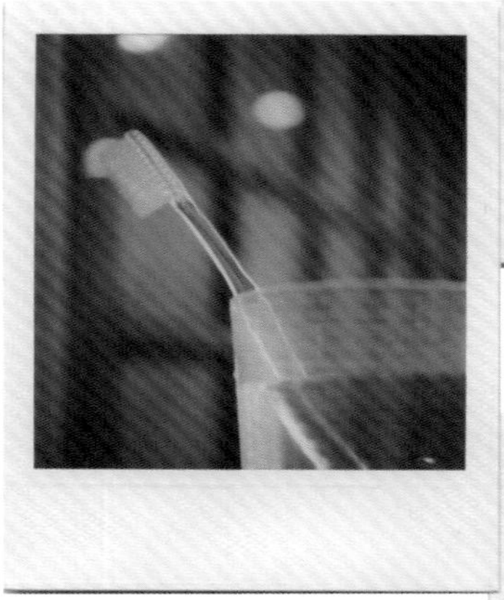

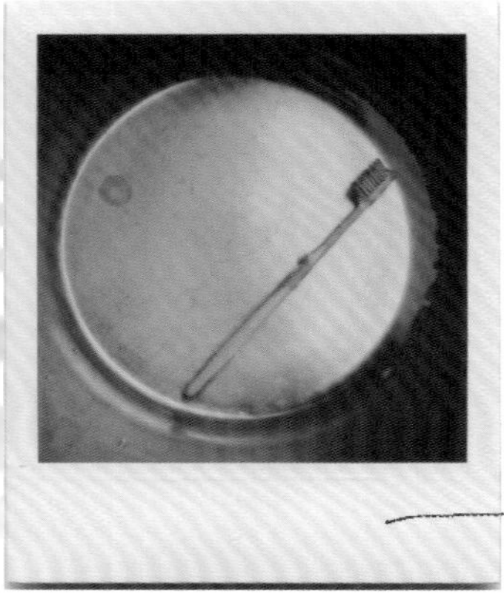

Friday

Sunday

Monday

Wednesday

Thursday

Saturday

Friday

Thursday

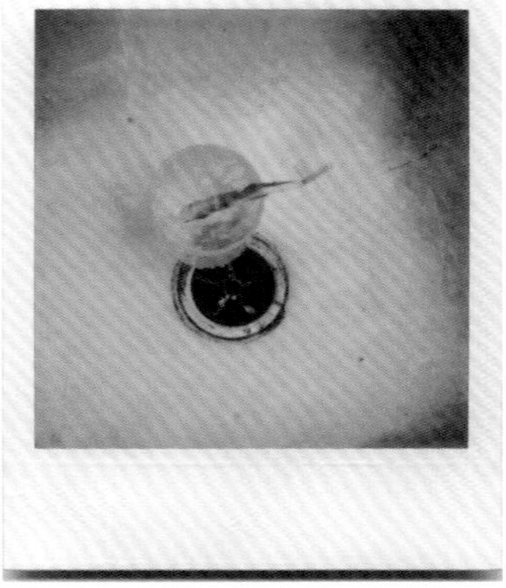
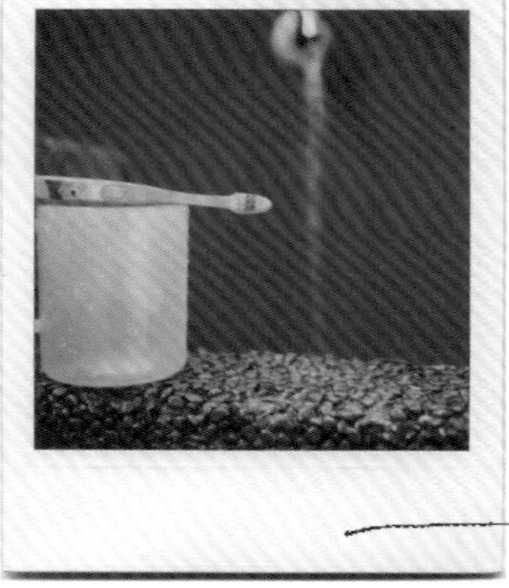

Sunday

Monday

Tuesday

Wednesday

Saturday

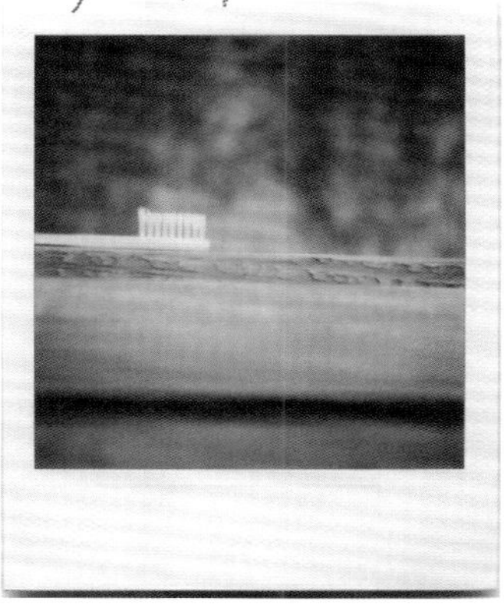

P's Note

獻給旅途中的你

《練習》雜誌的起源，是因為有「一個人」開始對自我和生活發出了疑問，這個人就是黃俊隆，自轉星球文化的社長（亦為本刊發行人兼總編輯）。他的疑問，誘發了許多嘗試的欲望，他想嘗試各種不熟悉的思考邏輯，並嘗試印證這些想法，還從中得出了一個結論：「人生是一段反覆練習的旅程」。

例如「一個人」這件事情。什麼事情是只有自己一個人的時候不會選擇去做的？那麼為什麼不做？何不「練習」去做呢？有些人永遠無法一個人吃飯，有些人沒人陪伴無法看電影，有些獨居者在賣場看著家庭號包裝相當於面臨進貨成本和庫存壓力的抉擇，但相同的，也有人欣然怡然地享受這一切與自我相處的時光，於是我們嘗試捕捉這每「一個人」的生活片段，希望給予讀者一些不同的參考樣本。

創作當然是非常個人的事情，因此我們邀請了創作狀態呈現兩種極端的駱以軍和陳綺貞，請他們在習慣閉關創作的旅館裡，對談「強迫自己一個人」這件事情。現已退休的玉山氣象觀測員李臺軍，三十年間獨自一人處在海拔三千多公尺與觀測儀器相對，更是最有資格談「一個人」的人物。另外我們直擊採訪了盧廣仲、方文山、夏夏與蘭萱幾位不同領域創作人的單身住所，試圖從他們的個人空間窺得一點值得學習或玩味的個人生活態度與巧思。我們還請到更多創作人，從音樂、閱讀、旅行、電影、廚藝各方面，披露自己「一個人」狀態下的視野與風景。

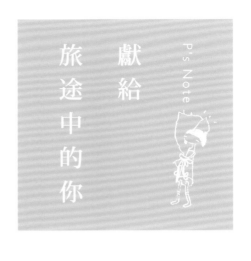

除了不得不一個人，或是享受獨處的狀況，有時候也會遇到必須強迫自己一個人的狀態，但人際關係是人生避也避不開的一部分，現在又多了網路社群的制約，有多少時候我們自以為獨處，卻被肉眼看不見的電磁波與他人緊密牽連？

一旦開始思考，想法就一個接著一個源源不絕地冒了出來。但正如同所有人生中的「練習」課題，本刊從概念轉換到執行的過程，遭受各式羈絆與無奈纏繞，導致從發想、規畫，到出版這本試刊號，居然歷時三年之久。期間參與編輯、採訪、受訪人數不斷增加，但內容卻又因三年間現實世界的轉變，而需要不斷地重新取捨、整理。看起來，就好像一再重覆繞了遠路又從原地開始的過程。

順著這條路走下去，真的對嗎？我們因而時常會這樣自我懷疑。但也許生活就是這樣吧，不親自腳踏實地走一回，就永遠也找不到最適合自己的那一條路。有些人喜歡鑽巷子走捷徑，也有些人寧可走較遠但明亮的大馬路；而無意間繞了遠路的人，說不定因此能有機會看到意料之外的美麗風景。

正因為不熟練，所以要練習，人生是一段反覆練習的旅程，現在，且讓我們先「練習一個人」。

■ 練習主編　何曼瑄

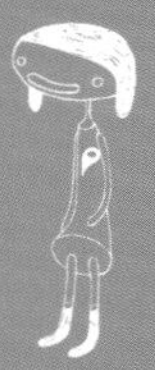

練習

/ ˈprɛktɪs /

APRIL.2012
試刊號 VOL.01
一個人 ALONE

發行人／總編輯　黃俊隆

主編　何曼瑄
特約採訪編輯　徐開塵、黃哲斌、杜嘉馨、謝光萍、周小機
特約廣告業務／廣告創意　吳旻龍、小區

行銷企劃　賴禹涵
媒體宣傳　林盈孜
行政編務　施靜沂

封面人物／內頁攝影　Ivy Chen
拍立得攝影　小樂
美術設計　許琇鈞、鹿夏男
封面人物　蛋蛋

讀者服務專頁　www.facebook.com/practice.zine

出版者　自轉星球文化創意事業有限公司
地址　106 台北市大安區臥龍街 43 巷 11 號 3 樓
電子信箱　rstarbook@gmail.com
電話　02-8732-1629
傳真　02-2735-9768

發行統籌　華品文創出版股份有限公司
電話　02-2331-7103
總經銷　大和書報圖書股份有限公司
電話　02-8990-2588
印刷　前進彩藝有限公司
電話　02-2225-0085

小P  P = Practice

illustration by aPple Wu

打擾你的，通通關起來
想要一個人安靜一下，聽到手機來電，又忍不住接起來？「3C監獄」幫你下定決心，暫時跟親朋好友說掰掰。不管是手機、室內電話還是電腦，只要放進「3C監獄」裡，再設定關閉時間，就能幫你強制隔離一切通訊系統，為你保留一個人時的悠閒心情。
www.facebook.com/Practice.Institute
生活練習所
Life Practice Institute
陪你一起面對人生的各種練習

24
SUN

一個人的旅館創作時光

陳綺貞

輕盈入他人夢

陳綺貞——獨立音樂人、創作型民謠歌手、作曲及作詞人。已推出八張個人專輯、七張單曲、兩張精選輯，以及四張限量Demo專輯。

駱以軍

暴力吞噬己夢

撰寫小說《西夏旅館》時住遍台灣各地小旅館、閉關創作的噩夢學派作家駱以軍；碰上四處旅行、表演，嚮往自由，住遍各地旅館，但偶爾也得把自己關在旅館創作的歌手陳綺貞。兩人創作過程和表達方式截然不同，卻又能彼此感同身受。駱以軍與陳綺貞，在旅館房間裡，在低語呢喃的音樂聲中，緩緩如煙圈般吐露，一個人創作的美麗和哀愁。

駱以軍——作家，曾獲多項重要文學獎。著有《西夏旅館》、《月球姓氏》、《臉之書》等。

採訪——黃俊隆、黃哲斌、杜嘉馨、謝光萍
撰文——杜嘉馨
攝影——Ivy Chen
場地提供——台北美崙飯店
採訪時間——2009/05/29

Q 請兩人說說自己創作的狀態和方式？

陳綺貞（以下簡稱陳）——我會避免「躲」起來創作，希望靈感是在自然的狀態下出現，所以大部分時間都要騙自己其實沒有在寫，除非是幫別人寫歌，有預設主題、旋律和截稿時間，才會躲起來。平常會盡量淡化「我在寫歌」的感覺，偶爾聽法文或英文歌時，雖然聽不懂歌詞，但是感覺到他在對我說話，於是就不自覺進入寫歌的狀態。有點像少女時期，老師在前面上課，台下的我心思卻飄走，不知不覺寫下像七言絕句的東西。假如逼不得已下個月就要錄音，把自己關起來卻寫不出歌的時候，會很沮喪。

我自覺不是個會說故事的人，聽完一個笑話會覺得很好笑，但是講給別人聽的時候，卻找不到連結故事的螺絲，無法娓娓道來一個完整的故事。像〈旅行的意義〉這首歌是去淡水找朋友，和他借摩托車騎到沙崙，在附近繞一圈再騎回來。想到之前和幾個朋友出國玩，有人認真挑選紀念品、有人一直拍照、有人累積里程數、有人堅持要找到電影場景……每個人旅行時在意的事都不一樣。一路上就將這首歌哼出來了，後來甚至被許多人對號入座，像是選為「空姐之歌」之類的，真的是我創作之初始料未及的。

〈下個星期去英國〉是一個高中時一起玩音樂、聯考前一個月還一起到台大校園大樹下彈吉他的朋友。本來我們說好，以後如果都考上台北的學校，就要一起繼續玩音樂。後來我在台北、他在中壢，沒能延續過去的夢想。直到有一天，他在電話裡告訴我，他要去英國，然後要賣手工CD。我掛掉電話，內心像是有一把火！這些材料都累積了很久，就在等待點火的時刻。

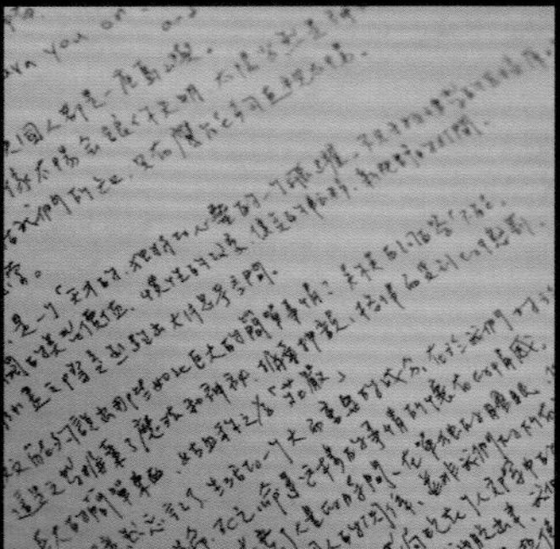

駱以軍 ——— 我的創作方式違反自然，以武士的自覺和規律，像練功一般強迫自己進入創作狀態。

創作狀態太ㄍㄧㄥ。年輕時也曾像她這樣，但年過三十之後，時間非常破碎，不得不以武士的自覺和規律，像練功一般強迫自己進入創作狀態，就像練瑜珈或練芭蕾，是刻意的、每天都必須拉筋。我的創作方式違反自然，相對而言，綺貞的方式比較像個人。

綺貞卻可以輕盈地進入別人的夢。

高中時我是流氓，屁股是尖的，坐也坐不住，每節課都在算時間要怎麼過。後來發憤創作，跑到書店把《存在與虛無》這類書整落買回去練功，卻看不進去。（陳：會不會一開始就買太難的書？）我有點閱讀障礙，後來乾脆把書裡的句子抄在紙上，閱讀就進來了。曾經像臨帖一樣，將《百年孤寂》抄了四、五遍，對我來說，抄寫是一種閱讀的方式。

我寫《西夏旅館》時把自己關到旅館裡創作，雖然是閉關，但有時還是會不小心拿起遙控器看電視看一整夜，不然就是人在旅館，心卻掛念著要回家倒垃圾。真正高速運轉、有意義的創作時間大概只有兩

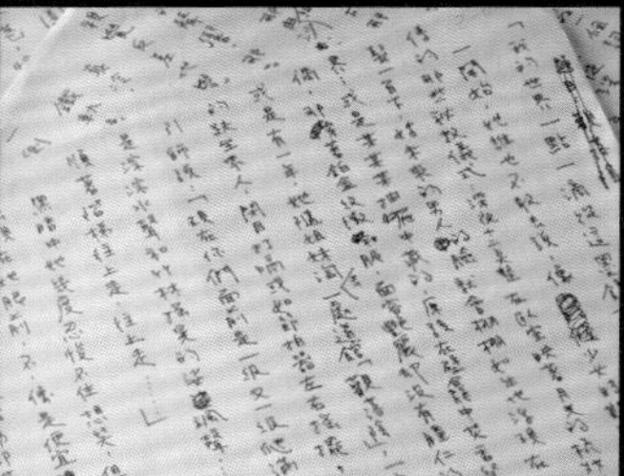

陳綺貞 ——— 無論躲到哪裡，你都逃不掉那些身分和角色，

像鞭子拿起來，卻打不下去。呼吸自由，比住旅館更重要。

Q

綺貞有嘗試過像駱以軍這種不斷「鞭打」自己的創作方式嗎？

陳——不瞞您說……我上個禮拜還試了兩天，嘗試過好幾次，但都失敗。我其實很嚮往節制自律的生活，看到別人每年發專輯，我也會有「別人能，我為什麼不能」的壓力。我試過控制自己的行為和作息，下定決心要過每天七點起床、十點睡覺的生活……結果兩個禮拜就崩潰了！川端康成、村上春樹的旅居創作也讓我心生嚮往，但我到了國外，看到教堂的光很美，只寫了二十個字。在台灣也有過衝動，想說去墾丁或許可以寫點什麼，結果到了墾丁，卻接連被三家旅館拒絕，大概擔心一個單身女子想不開吧！

有段時間，每天早上帶著書和題材到早餐店，一面聽音樂、一面看報紙，把書裡有感覺的句子抄寫下來，常常一坐就是四個小時，還會聽到早餐店的人指指點點說：「伊丟係那個唱歌的啦，生得還不壞……」我還是怡然自得。常常會被問到：「你的創作靈感來自生活嗎？」我都會想：「啊，不然咧？」創作不能和生活脫節，歌詞少少的幾個字都是從生活中提煉出來的，但我依然期待有一天可以很有規律、量產，還是一樣能創作出真實、深刻、有感動度的作品。

駱以軍 ——— 在這樣孤獨、充滿霉味的旅館裡，

覺得自己好像六〇年代的藥品推銷員，

而不是作家，要用很強的意志力才能寫兩百個字。

Q 感情對你們的創作有什麼樣的影響？

陳——我覺得感情對我的創作有幫助。過去曾有的失落、挫敗得到了肯定，也覺得被了解。有一個人用懂你的語言和你懂的語言和你溝通，其中得到的共鳴和感動，都成為下一個作品的養分。

駱——在陽明山上，經歷過一段狂情蕩欲的日子，那會燒掉一個人的生命力。糾結的戀情讓人無比躁鬱、痛苦，感覺季節、氣味變化分明而強烈。那段時間我在枕頭旁邊放了一本筆記本，整整一年的時間，只要一做夢，就像素描一樣把夢記起來，凌晨三、四點從夢中醒來就寫，對後來的寫作是很好的練習。最幸福的一段創作時光，是妻子懷孕的時候嗜睡，那個月妻子在睡覺、我專注地寫，一個月寫了十七、八萬字，完成了《第三個舞者》。王安憶說過，當個小說家最好要結婚、但不要有小孩。當我牽著小孩在路上走的時候，是處於一種無我的狀態。有一次在青田街巧遇舒國治，而當時我正面目兇惡地罵小孩。

寫小說基本上是考驗你對衝動和欲望的管理。我著迷於噩夢學派，我的創作就像把夢的碎片以馬賽克拼貼成惡魔的臉。特別關注那些歪斜、苦笑、被踩扁的人渣，雖然我的個性際遇不比其他人特別，卻是個很好的採集者和拼貼者。

陳——如果駱以軍的創作像一張馬賽克拼成的惡魔的臉，我覺得自己的創作像能劇，你看到的是一張開心的臉，那是因為太害怕背後的東西。我的月亮在金牛，骨子裡是金牛座，很容易吸收到象徵，看到月亮會有種回家的感覺。〈腐朽〉這首歌的英文名是〈Full Moon〉，寫的就是我對滿月極盡所能的想像。以前宇宙觀較小，抬頭望見滿天星星，面對無盡未知的時空，就覺得太可怕了，讓人想尖叫！想到自己下一秒可能就不存在，那種對死亡的揣測和想像，是非常悲劇式的。很多人對我說：「你怎麼能過著這麼無聊的生活？」我卻覺得自己的生活很豐富，已經沒有餘力應付更多事情了。我可以從枯燥之中找到樂趣，也因為較敏感、善於抽象思考，尤其在認識有正面力量的朋友、看過愛因斯坦的書跟所有的星座書之後，覺得自己逐漸能從事物的象徵涵義裡找到詩意、得到解脫。

Q

談談在旅館裡的創作經驗？

駱——寫《西夏旅館》時住遍台灣各地小旅館，不是高級商務旅館，而是大量細節被剝奪的、只能停留在小鎮式、屬於異鄉人的想像的那種旅館。那裡沒有立燈、沒有潔白的床單，走道非常狹窄，櫃檯看起來像當舖。CHECK-IN時櫃檯老闆給我一個鋁盤，上面放著遙控器、茶包和紙杯，鑰匙串是紅漆的房號印在壓克力上。走進浴室，馬桶圈上有菸的痕跡，洗手台上是牙膏粉。在這樣孤獨、充滿霉味的旅館裡，覺得自己好像六〇年代的藥品推銷員，而不是作家。我會想像，如果在這裡召妓，即使是性，也不是一個美好的場所。台灣有這樣的一個無聲世代，被困在小旅館裡，早上與其他住客在地下室吃早餐，我感覺自己像在做白日夢一樣，遇見來自過往時光的人。我在這類昏暗的小旅館裡，要用很強的意志力才能寫兩百個字。

陳——無論躲到哪裡，都逃不掉那些身分和角色。我還是我媽媽的女兒、男朋友的女朋友、明天要演出的歌手。有次跑到北投想住溫泉旅館閉關創作，但發現離我家太近，根本就是一種自我欺騙，鞭子拿起來，卻打不下去。某個時間、季節會感受到遠方的呼喚，渴望去遙遠的地方，回到本質的狀態。呼吸自由，比住旅館更重要。最容易干擾創作的就是電話，但是關機之後，又會想：「會不會有什麼重要的事？不然來CHECK EMAIL好了！」〈失敗者的飛翔〉是我在哈爾濱的旅館寫的。那時十三天跑了中國九個城市，從南方一路往北，每兩天就換一個地方，快速體驗人文風情和時空的變換。一路上每個城市的建築都是類似的，但是人民的穿著、口氣、口音都不一樣。我還記得搭夜車抵達哈爾濱時，已經是凌晨兩點，當時空氣的清爽度、霧氣、天空的深藍……感受非常清晰深刻，出現一種既高且遠的視覺觀感，比較不是我自己的思維。在這樣的狀態下回到旅館寫了這首歌。這趟行程，因為穿梭在熟悉的語言文化和陌生的時空之間，孕育出這首歌。我認為，如果是太陌生或太熟悉的環境，會讓創作遲鈍。

陳綺貞 呼吸的途徑

01《創造的勇氣》（The Courage to Create）／羅洛・梅（Rollo May）／2001／立緒 **02**《不疲勞的生活》／安保徹／2009／麥田 **03**《波赫士談詩論藝》（This craft of verse）／波赫士（Jorge Luis Borges）／2001／時報 **04**《百年孤寂》（Cien años de soledad）／馬奎斯（Gabriel García Márquez）／1990／志文 **05**《Ron Sexsmith》／Ron Sexsmith／1999／Polydor Group **06**《迷幻公園》電影原聲帶（Paranoid Park - Bande Originale Du Film）／2007／Uncivilized World **07**《Solo Piano》／Gonzales／2006／Sunny Side **08**《塔克與貝蒂精選輯》（The Best Of Tuck & Patti）／塔克與貝蒂

Q

辦完大型演唱會、寫完長篇作品之後是什麼感覺？

陳——演唱會一結束就很想吃東西！把零食找出來吃！

駱——寫完長篇會有半年到一年很沮喪，以為江郎才盡，會厭惡之前的題材，覺得想吐、噁心，直到下一次飢餓感又出現。現在知道自己會這樣就沒那麼緊張了，當作是在坐月子就好了。

駱以軍 佐夢的良伴

01《大海，大海》（THE SEA, THE SEA） 艾瑞斯・梅鐸 （IRIS MURDOCH） 2003 木馬文化 **02**《我曾侍候過英國國王》（I SERVED THE KING OF ENGLAND） 赫拉巴爾（BOHUMIL HRABAL） 2003 大塊文化 **03**《紅色騎兵軍》（RED CAVALRY） 伊薩克・巴別爾（ISAAC BABEL） 2005 遠流 **04**《布魯克林的納善先生》（THE BROOKLYN FOLLIES） 保羅・奧斯特（PAUL AUSTER） 2006 天下文化 **05**《白色旅店》（THE WHITE HOTEL） D. M.湯瑪斯（D. M. Thomas） 1999 先覺 **06**《死亡百科全書》（THE ENCYCLOPEDIA OF THE DEAD） 丹尼洛•契斯（Danilo Kis） 2002 小知堂

To Practice

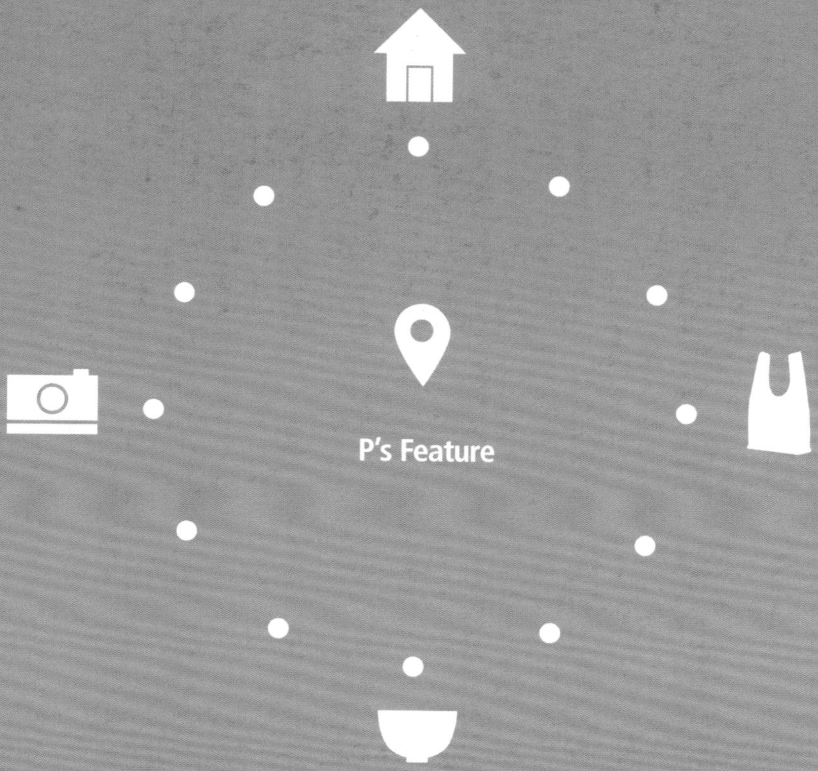

Everywhere & Everyday

大賣場裡 一個人的生活風景

採訪——謝光萍、黃俊隆
撰文——謝光萍
攝影——Ivy Chen

記得金城武曾在接受某媒體訪問時說：「為什麼大賣場、超市裡沒有賣一人份的罐頭？」

是的，如果你是現代生活裡的單身貴族，要去哪裡買菜、買衛生紙？小小問題，解題卻不單純。大賣場裡不管是吃的、喝的、用的，多為大包家庭號，一個人什麼時候才能用完兩公升同香味沐浴乳？小坪數的家難收容囤積，可以一次買十二包抽取式衛生紙嗎？然而逛大賣場已是都會休閒活動，一個人也可以從容地在大賣場尋找幸福、自在、方便、熟悉感。

本刊於某個上班日的下午，前進微風超市及大潤發，鎖定單獨拿菜籃、推購物車的人，為大家突擊採訪到十位單身貴族，看看他們如何在偌大的超市、賣場裡，找到一個人閒逛及採買的樂趣。

一個人逛大賣場很習慣，產品取向，就是要家鄉味，不以價格為首要考量。

平中先生
36歲
通信業工程師
一個人住年資 | 4年半
房子大小 | 10坪

坦白說，我每天下班之後都會來這裡報到。

因為我一個人被外派在台灣工作，只有這裡可以買到日本進口的伊賀茶園飲料。雖然不便宜，可是喝習慣了，是日本的味道。這真的是我的生活必需品，下班買一罐來喝，有一種安心、舒服的感覺。

偶爾我要下廚的時候，也會來這裡買食材，這裡有一些日本進口的菇類、細蔥，還有品質不錯的肉片，做出道地的料理，自己吃得開心，看別人吃也很開心。

我也在這裡採購像衛生紙或各種民生必需品，就是習慣嘛。這樣會不會看起來太愛國？

其實真的就只是習慣，一個人外派沒有什麼孤單或不孤單的，生活就是這樣，至少可以在這裡找到一些熟悉味道。

一個人逛大賣場是因為方便，平日買晚餐，週末當逛街。也會有無法克制，買回太多東西的危險。

下班以後，我非常不喜歡一個人在外面吃飯，所以會來超市買晚餐，每次大概買個兩、三百元。這裡的生魚片、壽司都很好吃，我也會在這裡買各種義大利麵、烤肉等美味

一個人逛大賣場很自在，計畫性購物，嗯，看到日用品價格會理性停手。

之前曾在國外念書，所以很習慣一個人生活，當然也習慣了一個人逛賣場。自己在微風超市工作，所以常常下班後就順便買些東西回家，偶爾也會去別的賣場做市場調查。

最近腸胃不太舒服，所以今天買了日式茸菇醬和海苔，打算要配稀飯吃，比較好消化。另外還買了蕎麥麵，不小心被夏天吃蕎麥涼麵的促銷打動。我最喜歡買自家的零食、果汁和酒，有些品牌只有微風才有賣。不過像衛生紙、洗衣粉一類的生活用品，我比較會考量價格，可能就在其他地方選購。

我是那種計劃型購物的人，在腦子裡開好清單，在半個小時內速戰搞定。一個人沒什麼寂寞的問題，如果要我和別人一起逛賣場，採購自己要用的東西還得顧慮別人意見，太麻煩了。一個人想買什麼就買什麼，才自在。

Andrew
27歲
微風超市副股長
一個人住年資 | 6年
房子大小 | 27坪

調理包，簡單地幫自己弄個晚餐。上了一整天的班，一下班後就想要馬上回家，換上T恤、短褲輕鬆又懶散地吃晚餐，就會覺得很放鬆很幸福。

周末我也喜歡去賣場，悠閒地逛上一、兩個小時。我對那些進口的日式小物抵抗力很弱，所以這就造成了一個人逛賣場的困擾，沒有人提醒妳要克制。

所以每次要出門逛賣場都要先規劃好動線，比方說先逛街，逛到最後再來超市，免得自己不小心失控，提不回家。

劉小姐
30歲
金融業
一個人住年資 | 3年
房子大小 | 20坪

一個人逛大賣場也自在，產品取向，純開心。

我有時候會想要對自己好一點，想要小小奢侈一下，那就會來這裡買兩、三罐進口啤酒喝。

像今天就是剛下課，就過來買瓶Chimay Blue，放鬆一下，尤其夏天時很適合在房間裡獨酌。

一個人生活的狀態很安靜、很開心。念大學之後就開始一個人生活，一個人逛賣場沒什麼太大問題。反正我有上健身房做重訓，拿這些東西是輕而易舉，再多都沒有問題。

Damian
26歲
研究生
一個人住年資｜6年
房子大小｜4.5坪

一個人逛大賣場因為需要，但常常隨興看到什麼就買，把大賣場當好鄰居。

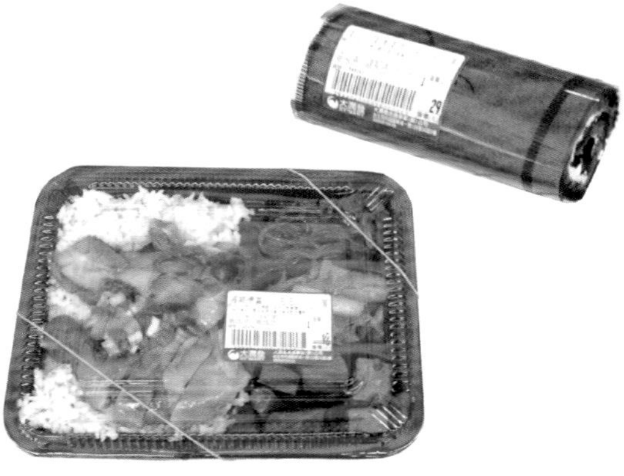

我在這個賣場附近開飲料店，工作上需要什麼食材、工具，都會來這裡補貨，一個禮拜至少會來兩、三次。有時候也順便買自己的生活必需品，反正想到什麼就

一個人逛大賣場很開心，但流連在花枝招展的商品架間，一不小心會失去控制買太多。

我的工作是專職翻譯，時間很彈性，不會選在固定時間逛超市，缺什麼就跑來補。我每個月至少會來這裡一、兩次，買水果、零食。這裡的進口商品種類琳瑯滿目，光看就覺得開心。

我最喜歡在這裡買水果，因為我實在不太會挑選水果，又是外貌協會，覺得外表不好看的水果就不好吃。微風超市可能有刻意篩選，在這裡買到的水果，看起來都很漂亮，也還沒有買過不好吃的。另外，在這裡可以買到illy咖啡，很方便。一個人逛賣場沒什麼不好，但要克制，不能買太多，像今天就不小心有點超重。

卡蜜兒
30以後再也不能透露年齡，
但有青春的心
法文翻譯
一個人住年資｜至少10年
房子大小｜4坪

過來買，很方便嘛。

像今天本來是要買打蛋機和電動水壺，逛了半天找不到我要的廠牌，最後是買了便當和蛋糕當晚餐，還買了涼墊，只能說人生真是計畫趕不上變化。不過這裡的熟食便宜又不難吃，所以還算推薦在這裡打發晚餐。

我是宜蘭人，從大學以後就上台北念書、工作，一個人住已經好長一段時間，從來沒想過寂寞這件事。

Eden
30歲
飲料店店長
一個人住年資｜10年
房子大小｜5坪

一個人逛大賣場有益身心健康，就是愛大包裝，尤其是泡麵。

我周末最喜歡的活動就是逛大賣場了，漫無目的閒逛，在裡面至少可以混三個小時。零食和泡麵是每次一定會買的商品，因為便宜、份量又大，買起來很有爽快感。

真要說一個人逛大賣場有什麼不好，可能就是不能買太多吧。我很喜歡豪氣地買大包裝的東西，每次都會買到一、兩千塊。所以有時候因為擔心扛不回去而買不下手，會有一點失落感。

無論如何，我覺得逛大賣場很好玩，很像探險，經常會發現有的沒的，有益身心健康。

鏵鏵
25歲
行政
一個人住年資 | 3年
房子大小 | 8坪

一個人逛大賣場享受自由，計畫型列購物清單，講究效率一次買齊。

我是一個速戰速決的人，所以一個人購物很符合我的個性。缺什麼就開個清單，通常下班後來採購，一個小時內絕對完成，迅速俐落。在大賣場有很多品項供選擇，一次買齊，效率高。

有時候不知道要吃什麼，就會來這裡買熟食回去，既方便又不錯吃。像今天就買了熟食壽司當晚餐，還買了汽水和啤酒，打算過幾天招待朋友。一個人逛大賣場沒什麼不好啊，我很享受自由和一個人的狀態。

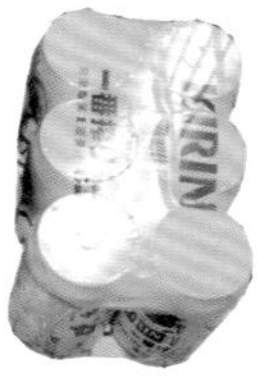

賴小姐
28歲
業務
一個人住年資 | 5年
房子大小 | 10坪

一個人逛大賣場是純目的取向，只要便宜，也可以大老遠跑來買。

因為要學習獨立，我剛開始一個人住的生活。我是精打細算型的人，打算要買電風扇，剛好看到DM顯示價格，發現這裡比較便宜，又可以兌換點數，所以大老遠騎摩托車來採購。我很少來大賣場，真的是有需要才來，公事公辦，沒什麼特別感覺，喜歡買什麼東西也不重要。

陳小姐｜30歲｜待業中
一個人住年資｜3個月
房子大小｜4坪

一個人逛大賣場心情很好，就是要去感受很多東西和很多人的氣氛。

我是有目標、計畫型購物的人，大概兩個禮拜會來一次大賣場，每次都在半個小時內搞定。和便利商店或超市比起來，我就是喜歡大賣場那一眼看到好多東西的感覺。不管是水果、衛生紙還是洗衣粉，看到很多種類的東西同時擺在貨架上，置身在寬敞挑高的空間裡，被各式各樣的東西和人圍繞，買起東西心情比較好。

顏先生
37歲
資訊工程師
一個人住年資｜8年
房子大小｜5坪

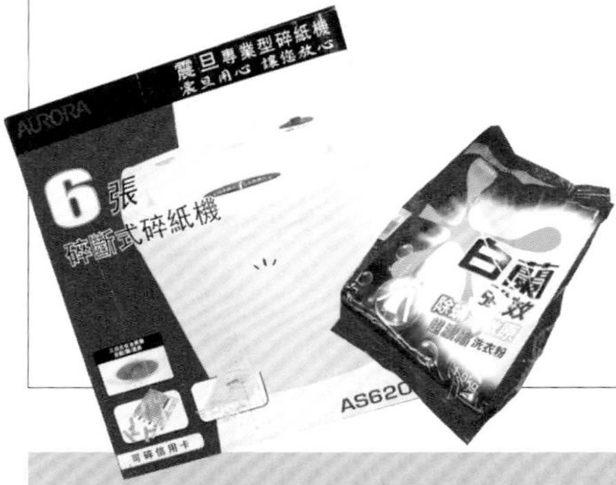

一個人採買×結論

大賣場多是為家庭單位設計的嗎？

我們在採訪中發現一個人住的比例其實不高，竟是弱勢族群。從這些獨居人士的購物習慣，我們看到：

- 一個人在大賣場解決晚餐的人很多，不知是否跟不願意拋頭露面吃飯有關。
- 沒有人覺得寂寞，一個人購物是一種必須接受的事實。
- 在大潤發的消費金額普遍比較高。
- 微風的消費者有比較雅痞些。大潤發的消費者採購比較具工具性和實際。

單身者的餐桌歷險

一個人，一只碗，一雙筷子。

沒有四目交接，沒有笑聲佐餐，沒有話語像是味覺的逗號，在這一口與下一口之間稍息。一個人吃飯，就像戴著耳機、繞著操場跑步，一圈又一圈，只有自己與食物，無聲對話。

對於單身外食者而言，世界是殘忍的。中餐館的熱鬧圓桌、麻辣鍋店的鴛鴦繾綣、熱炒店的冰啤碰杯聲，全都暗示著單身止步；燒肉店的大型烤網，提醒自己的孤單；牛排館的幽黃雅座，築起一道隱形的兩人高牆。這星球的單身外食者，彷彿電影《我是傳奇》的威爾史密斯，斜背著槍，在城市街巷的夕陽角落狩獵，試著圖一頓溫飽。

為此，本刊含淚企畫「一個人完食：單身者的餐桌歷險」，期待為單身外食者找到十種城市獵食方式，十種適合一個人的食所，十處無私推薦的店家。

擺好餐具，我們開動吧。

採訪、撰文、攝影——黃哲斌

嚴選店家規則

規則一：排除夜市、路邊攤、自助餐等一般常見的外食場所。
規則二：場所、座位、菜單、服務人員均無歧視單身食客的嫌疑。
規則三：單身完食金額控制在一千元以下。
規則四：以餐式組合種類多元，久食不膩者為佳。
規則五：推薦食所均經本刊編輯部討論推薦，並由撰稿者臥底試吃、採訪，付帳後才表明身分，確保用餐情境與經驗，與一般進食者並無差異。

便利超商

報紙、口香糖、運動飲料，它們不是便利超商的專利。台灣的超商早已不只取代零碎雜貨的「柑仔店」，而是移動的辦公事務所、輕閱讀的小型書報攤，還有，單身完食的寂寞星球。

生菜沙拉、漢堡、三明治、飯糰、涼麵，以及便當便當便當便當，各式以地名或食材為標記的便當，擺滿一整個冷藏櫃，或甚至不只。如果你留心，有些便利超商角落，臨窗擺著一條長吧、幾張高腳凳，這裡就是一個人新速實簡的食所。結帳、微波，或者加滿熱水，美食的矯飾修詞顯得累贅多餘。挑張椅子，或許，還會附贈一窗流動街景。

推薦食所：7-ELEVEN

全台灣近五千家「小七」裡，有三千八百四十家設有外食吧台，加總超過一萬九千個座位，能換算成百餘家餐廳的胃納量。它們是城市不起眼的USB 2.0埠，通用序列匯流排，你來了，插上插孔，你又走了。快速效率、公事公辦、不必留戀。

試食餐點：雞絲麻醬涼麵｜味噌湯杯湯｜三得利黑烏龍茶
試食金額：103元
試食地點：台北市東興路65號1樓（東興店）
試食經驗：簡單清淡，不為你的下午造成負擔。在一整面落地窗前進食。你看路人，路人看你。

速食店

「應該排除速食店嗎？」它們總是張開雙臂歡迎獨身客，超強冷氣、開放便所、連續座位，它們讓發愁、懶惰的落單進食者找到放棄啟動搜尋引擎的理由。雖然，它們的食物大多是工業化社會的廚餘（誤），垃圾（誤），產物（無誤），單一，標準化，乏少驚喜，通常是膽固醇及心血管疾病的好朋友。

然而，對於城市裡單一、標準化、乏少驚喜的食客來說，加大雙層的漢堡、巨量杯的奶昔、油炸過度的大份薯條，何嘗不是生命最大的冒險？

推薦食所：摩斯漢堡

在敝刊編輯部裡，「摩斯漢堡」擁有高人氣，在一項非正式的非公開投票裡，它甚至擊敗Subway。不同於美式速食以「油炸」獨沾一味，相對健康、相對美味、相對有創意，是摩斯漢堡獲得推薦的理由。摩斯漢堡光線明亮、塑料或壓克力桌椅、對單身友善的吧台式區位，即使摩肩接踵也不尷尬。

試食餐點：燒肉珍珠堡B套餐｜加點夏威夷鮮蔬沙拉、冰紅茶
試食金額：130元
試食地點：台北市金山南路二段121號（金山店）
試食經驗：就像米老鼠，姓米的漢堡就是比較可愛，雖然個頭較小，或許無法餵飽七尺壯漢。

PIZZA店

根據地球表面的不成文約定，PIZZA是——一群嘈鬧的、腎上腺素過盛的雄性動物，在家看球賽或打麻將之際，打電話尋求大量澱粉質的無敵首選；或是苦命上班族的加班無間道，眼見晚上八點，工作仍然堆積如山，於是哀怨呼叫支援的卡路里藥丸。

然而，這城市裡的某些聰明人，早在連鎖店之前，就提供一種「單人外食PIZZA」的經驗。小巧的尺寸、素樸的口味，溫良恭儉的用餐環境，披薩與你，一人一個。

推薦食所：So Free

溫州公園旁的當紅小店，強調柴燒窯烤披薩，口味不複雜，名號很搞怪，例如招牌之一「薑絲超人」，獨創的薑絲+鹹蛋餡料，不吃不知道，吃了嚇一跳。店內柴窯原本是老闆燒烤自用，不辭迢遙從宜蘭運到台北，鎖定簡單素材的輕食口味，沒有繁複的肉腸、海鮮餡料，吃巧不吃飽。不過店外兩條木頭長椅最多只能容納十位食客，建議避開用餐時間，以免久候。

試食餐點：煙燻乳酪披薩｜有機黃金麥茶
試食金額：155元
試食地點：台北市羅斯福路三段283巷28號
試食經驗：不走「一口塞進飽滿餡料」路線，如果你要找輕薄爽脆的現烤披薩，在這裡嗑光一整個，也不會有太多負擔。

FOOD COURT／美食街

夜市大排檔的現代立體進化版、平民食肆的量販超市大批發。洋風一點的，你能稱它「食物法庭」；本土一點的，直接喚它「美食街」，即便它既非法庭也非街。

然而一路逛去，線性的店面、塊狀的座位、無限混搭的多國氣味，世界不只是平的，更是發達資本主義的球面團塊……在這裡，陌生人的臉拼貼著陌生人的臉，「併桌」是生活倫理，單身食客像是躲進一整片森林的樹葉，被嘈雜的聲浪、繁複的氣味掩護，異鄉人在聖馬可廣場的既視經驗。

推薦食所：微風食尚中心

在鐵道交會的空間次元之上，存在著台灣最大的美食街。兩千八百坪，相當於一個半的足球場那麼大，逛完一圈後，你若非飽了，就是更餓了。這裡有「牛肉麵競技館」、「台灣夜市」、「咖哩皇宮」、「美食共和國」，誇飾而意義超載的符號與空間，讓人想起班雅明的巴黎拱廊街，商品資本主義的神殿、食欲味蕾的奇觀社會。

試食餐點：香料烤雞腿咖哩飯單點（附湯和茶）
試食金額：149元
試食地點：台北市台北車站2樓
試食經驗：「咖哩皇宮」區提供多種異國咖哩料理，這家「塔美爾」尼泊爾咖哩口味不賴，單點加20元即升級烤餅套餐，食量大者可參考。（自轉星球編輯部）

丼飯／定食店

台灣有種日系的味覺鄉愁，尤其隨處可見的丼飯、定食、烏龍麵、日式豬排或咖哩，無論單點或套餐，一份恰好服務一人，原子化的計量單位，一個人也不孤單。

或者說，丼飯、定食、拉麵是最個人主義的食式之一。餐食一次到位，不囉嗦不繁瑣，最適合背對人群、面向沸騰的鍋釜或牆壁的海報，讓熱食騰起的霧氣在眼鏡上凝結成霜，反正你不需看見世界，世界也不需看見你。

推薦食所：樹太老

日文裡，「太老」有蔓生綿延之意，發跡於台中的樹太老，老闆父親曾久居日本，深諳東瀛料理人精魂，於是回台灣開了以丼飯、拉麵、定食為主題的連鎖店，希望能像老樹盤根錯節越久越發。招牌是豬排系定食，開發出芝麻醬、蘿蔔泥、咖哩醬、味噌醬等多重變奏；此外，包括黃金蝦仁蛋包蓋飯、鹽烤牛小排定食、竹筴魚一夜干定食，都是較少見的自慢料理。

試食餐點：豬排蓋飯定食｜茶碗蒸（套餐加點）
試食金額：208元
試食地點：台中市公益路二段136-1號
（原試食的大安店已收店，在此列出台中本店地址）
試食經驗：豬排渾厚如成人掌心，且滑嫩多汁、不失嚼勁，蛋與蔬菜包圍著飯粒，芳甘不膩。茶碗蒸略帶酒香，柔腴不死鹹。

咖啡館簡餐

冷氣、磨豆機，簡單廚房。台灣的咖啡館文化，自體生長出一種「商業簡餐」，讓享受半晌午休的上班族、貪圖一點涼爽的逛街客、帶著筆電晃蕩的游牧者，能夠找一個喜愛的角落，好好吃一頓簡單飯，喝一杯冷飲，無論是不是一個人。

而咖啡館簡餐最適於一個中午，或外加半個下午，因為標準規格的簡餐，必然有飯、有主食、有配菜，還有幾樣任選的「附餐」，附贈咖啡或紅茶或果汁的代名詞，一頓飽食之後，悠悠閒閒地伸個懶腰，啜吮飲料，或許還看幾頁書、發一會呆，這就是咖啡館簡餐的風韻與精髓。

推薦食所：蘑菇

而蘑菇每天更換的主菜，全都自行研發、手感製作，煮飯堅持用花東縱谷「掌生穀粒」的米，撒上一點西班牙的鹽花，還有大量蔬菜、家常醃漬的小菜，店長蔡麗鈴說，他們希望來客「既覺得像是媽媽煮的飯，又比在家吃飯更多一點享受」。

試食餐點：檸檬烤雞腿套餐
試食金額：220元
試食地點：台北市南京西路25巷18-1號2樓
試食經驗：他們的簡餐名喚「一碗飯」，當天主菜有啤酒燉牛肉或檸檬烤雞腿，我選後者。雞腿以檸檬與迷迭香調味，加上一點清酒；配上醃苦瓜，據說是蔣勳在電視上回憶母親的廚藝，老闆媽媽憑其口述復刻重製。茶是德國有機伯爵茶，冷泡甘洌。

港式茶餐廳

或許，該怪罪王家衛與杜琪峰，茶餐廳這款冷門食肆，近年竟在台北街頭旺火起來。阿哥哥壁紙、普普風鋁桌鋁椅、舊式點唱機，讓人恍然以為，梁家輝、任達華正坐在角落話事。

正港的茶餐廳是極平民、極家常的，食物與價格與用餐情境都是。適合小學生一個菠蘿油、一杯凍檸水當早餐，也很適合鎮日無事的鄰居老伯來杯凍鴛鴦、一盤餐肉雙蛋飯，打發午后時光。畢竟，茶餐廳是殖民地遺風的飲食拼貼，高度都市化的混雜空間，挾帶著一丁點異域風情，挪接台北街景。

推薦食所：立濠港澳茶餐廳

台北眾多茶餐廳中，經本刊明察暗訪，尋訪這家座落公館商圈、十分不起眼的老店。內裝已有陳舊感，餐食飲料均少奇技淫巧，反而更像港澳巷弄內四處可見的家常小店。外貌談吐皆特異的老闆是澳門人，早年在茶餐廳學手藝，十二年前在台開店。店內員工大多也是僑生。飯食以星州炒飯、椒鹽肉排飯、鹹魚雞粒炒飯最受歡迎，麵食則推雲吞麵、撈麵、干炒牛河。

試食餐點：乾炒牛河｜豬扒包｜凍檸茶
試食金額：210元
試食地點：北市羅斯福路三段244巷10弄14號
試食經驗：試吃當天並不太餓，仍點了最具港味的三種餐飲，跟道地茶餐廳一樣油、一樣鹹、一樣夠味。

平價牛排館

當你一個人，想念豐美的牛排滋味，幸虧有它們。

滋滋作響的鐵盤、被番茄汁溺斃的螺旋麵、一枚睛瞳分明的半熟雞蛋，彌補了二線主角的缺憾：略嫌纖質化的肉塊，總是六分太生、七分太熟，還有穿上制服的蘑菇或黑胡椒醬汁，無不提醒你，身為牛排族裔的一員，它是多麼不完美，多麼像一部B級片。然而，B級片自有B級片的趣味，不高級、不精緻、不做作的趣味。而我一個人坐著，心底陪著鐵盤噴聲跳著舞，一支FREE STYLE的單人舞。

推薦食所：貴族世家

「貴族世家」與夜市牛排或其他平價牛排相較，至少有排場盛大的水果沙拉吧、小菜、口味普通的濃湯、自煮米粉或切仔麵及飲料，無限自取。即便價格略微貴一點，仍征服了熱愛吃到飽的我們。店方表示，雖然店內並無為單身客設計的吧台座位，但他們非常歡迎一個人用餐，不過假日人多時必須安排併桌。

試食餐點：沙朗牛排
試食金額：320元
試食地點：台北市承德路三段236-238號（承德店）
試食經驗：怎麼說呢？牛排循規蹈矩，長得就像平價牛排，既不讓人歡呼，也不讓人扼腕；熱鬧的是眾多配角，就像照片裡一樣，你知道的，有時候B級片的配角比主角更吸引人。

涮涮鍋

很少有一種食所像是涮涮鍋，如此將「連續性座位」發揮得淋漓盡致。是故，人人都是併桌，也都不是併桌，單身食客得以面無愧色，「進行一個插隊落戶的動作」；店東得以玩弄座位排列組合，像是打麻將聽三個洞、兩個洞，或僅僅單吊一張海底自摸，安排不同人數組合。

食器也是一人一口灶，一盤海鮮或是牛羊豬，一堵小山也似的菜盤，差不多剛好是普通食客份量，若還不饜足，各式小型單點隨緣隨喜，在吧台陳列出各式綿延風景，峰峰相連到天邊。

推薦食所：鍋媽媽

「鍋媽媽」食材極佳，光是牛肉就有十幾種，還有手工捶打的花枝漿、精心挑選的神祕魚餃，都代表老闆的誠意。另外有各式自行開發的鍋底，體現了老闆的實驗精神，「鍋媽媽」是台北第一家推出牛奶鍋底的店家，還有三種養身藥膳鍋，都是老闆親自「人體實驗」的祕密武器。自家祕調的芝麻沾醬雖然必須單點，蘸肉品卻是一絕。

試食餐點：牛五花肉鍋｜芝麻醬
試食金額：390元
試食地點：台北市天祥路6號
試食經驗：涮涮鍋四大元素：肉品、湯底、沾醬、配料各有可觀。唯廁所幽暗，有潔癖者不喜。另因不願大規模展店的鍋媽媽生意極佳，用餐時間務必訂位。

迴轉壽司

迴轉壽司，另一個連續性座位的友善食所，用餐的最小戰鬥單位，理所當然一個人。承載食物的環島鐵道、候車旅客並肩而坐，像是殷正洋唱著「無盡的港口」，沒有起點也沒有終點。盛著握壽司的列車是牙醫診所的漱口杯，空了自動補滿，滿了也不溢出，食欲與味覺的供需平衡。

符號意義上，迴轉壽司幾乎等於數學的「8」，無數的個體累積為無限大，無數的空盤累積成驚人的帳單。而滄海一粟的我們，在胃裡、在心底，默默運算著簡單的加法。

推薦食所：海壽司

一個人外食，難道不能攙添些許豪奢感嗎？愛賭氣的本刊，決定捨棄常見的迴轉壽司連鎖店，推薦台版小豪華的「海壽司」，光吧台座位就「高人一等」，更別提星河撩亂的食材，鮭魚腹、牡丹蝦、炙燒牛小排、明太子花枝、鹽之花炙干貝，各裹抱醋飯，陳列在前。據訪單身食客並不多，大約四、五人，平均消費五到六百元（報告總編，我吃太多了），最受歡迎的是和牛、牡丹蝦、炭燒鮭魚及干貝系的握壽司。

試食金額：891元
試食地點：台北市南京東路三段22號（南京店）
試食經驗：空盤越堆越高，胃囊越來越飽，除了列隊經過的載貨軌道，你也可以直接向服務生點餐，確保你的食物現做直送，氧化程度極低。

一個人住×4

「居住空間，即個人內在氣質的具體延伸。」

方文山

居所反映了一個人的內心狀態與生活風格，一個人住更能貫徹百分百的自我與隨心所欲的自由。四位不同領域的單身代表，盧廣仲、方文山、夏夏、蘭萱，居住現場首度公開，每扇大門打開，都是一個不同的小宇宙——宅男的卡通世界、創作人的靈感城堡、詩人的私密基地與女強人的度假天堂，且讓我們觀察這四個房間的真實樣貌，貼近他們各自不同的人生斷面，試著一窺隱藏在各領域名人光環後的「一個人」。

一個人住×盧廣仲

一〇〇種生活加起來等於一種簡單生活

採訪——周小機、黃俊隆
撰文——周小機
攝影——Ivy Chen
採訪時間——2009/06/23

盧廣仲

獨立音樂人。首創早餐店巡迴演唱為人津津樂道。

發行過3張專輯
↓一百種生活
↓七天
↓慢靈魂

這是盧廣仲破天荒，也是最後一次在此住處接受採訪。

盧廣仲靦腆、有禮貌，造型古意，肢體語彙略帶白爛。他的歌詞帶著促狹與快意，歌聲跳躍清喨。他的真實、自然，給人感覺人歌合一，不論是樂評、銷售、創意各方面都引起很大迴響。

但是不論爆紅之前或之後，除了三兩好友，他很少邀請別人到住處——就算是他的爸媽也不知道兒子房間的長相。

而且盧廣仲並不因爆紅改變自己，彷彿這世界跟他沒太大關係。他依然故我地窩在一個人住的地方寫歌。

編按：本次採訪時間為二○○九年夏季，訪問完隔週他就搬家了。

無氣味×ROCKER規則

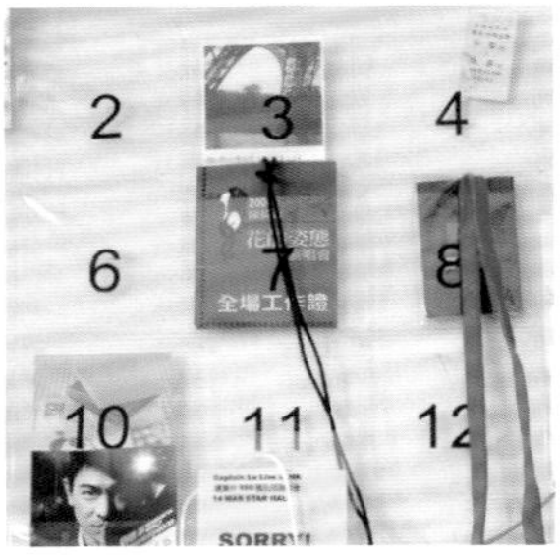

雖然實在無法說盧廣仲的房間有條不紊或是乾淨，但他放東西的位置似乎都有各自的理由，重要的是，沒有味道。

一進門就發現一幅上頭寫著「體力王」字樣的人物素描；床的牆面掛著一件慈濟宮保生大帝的T恤；書桌旁是Jimmy Hendrix的海報；靠近電腦的牆上貼著一張電影《超人》的圖片輸出，圖片裡寫著「你拒絕的話，數百萬人將因你而死」這句話。一股超強意志的味道。

本以為會瞧見一大堆他著名的短褲，反而是鞋盒堆疊占了不少空間，令人感到興趣的短褲只占了一小疊。在這裡的短褲不到十件，沒有大家想的那麼多。短褲要在膝蓋以上，這是他的要求。

在浴室發現他陳列清潔用品的方式跟一般人不太一樣，示人的不是正面，而是成分說明的那一面，大概也算一種要求吧。

印象中，每個房間都該有主人的氣味，奇妙的是，似乎無法在盧廣仲的房間聞到味道，只能隱隱約約看到他的規則。

冰箱也要 Unplugged

因為盧廣仲把早餐搞成重要的運動，這位健康飲食者的冰箱裡放了哪些東西自然格外引人好奇。

率先提出打開冰箱提議的攝影師，手腳很快地打開小冰箱，裡面沒有炎夏該有的冰涼飲品，擺的盡是文件、作業之類的紙張。難怪訪問前，他的經紀人小虎就告訴我們盧廣仲的家裡沒有冰箱可以拍喔。

因為不喜歡把東西帶回家吃，所以房間裡只能發現寶特瓶水。既然身為冰箱在炎夏最重要的功能也都喪失了，那就給它比較永恆的功能——譬如改頭換面，當個抽屜。

「對對對！這樣子很盧廣仲！」

有人對這樣的擺設拍手叫好。一下子盧廣仲就被大家鎖在那個小方盒裡，必須做出古怪的動作，才能符合他早餐搖滾的怪異風格。不插電的吉他很多，不插電的冰箱卻很少。

當我們終於發現冰箱裡有罐還剩半瓶的紅酒，驚呼大概早壞了吧之際，盧廣仲不改他無厘頭的思維：「啊！那我是不是應該將冰箱再插上電，讓它吹個冷氣啊!?」

早起廣仲 永遠的 內心OS

早睡與早起不一定是相對的因與果。以盧廣仲為例，早睡的確是因為習慣及健康，早起卻比較像是因為懶而被訓練出的不得已，有點像是掛懶人餅這樣的事。

盧廣仲的房間有扇不小的窗子，採光好的意思對他來說，意味著被陽光入侵的機會也很高。

「這幾天要去買窗簾……」這個OS在他中心呼喊了兩年還是沒行動，依然重複著六、七點被陽光曬醒，然後去吃早餐，中午再度補眠……這樣的慣性度日。

遙控器也一樣。並不是因為省錢或環保主張而不開冷氣，多半是因為不知道放哪了，畢竟翻箱倒櫃的麻煩比起沒冷氣更教人無法忍受。

洪榮宏＋Steve Vai的卡通次元

經紀人小虎形容盧廣仲彷彿活在一個卡通次元的世界，好比盧廣仲手上舉起一杯咖啡，慢慢往地板上倒下，他腦中想的會是：「哇！太酷了，房間裡冒出一條河流，慢慢向遠方蜿蜒成海，河流兩邊開始冒出花草，精靈也跟著一個個出現了……」但事實上，是他的房間地板被倒掉的咖啡整個淹沒得亂七八糟。

活在卡通次元的ROCKER坐在書桌前一邊彈著海綿寶寶吉他，一邊接受訪問，背後的CD櫃用一面很大的英倫國旗覆蓋著。問他英國國旗底下的CD收藏中，個人最喜歡也最詭異的組合是什麼？他毫不猶豫地回答：「洪榮宏＋Steve Vai」。

對，這就是盧廣仲，感覺對了，就是搖滾！

生活×故事場景 等於魔幻城堡

一個人住×方文山

採訪——徐開塵、黃俊隆
撰文——徐開塵
攝影——Ivy Chen
採訪時間——2009/06/25

方文山

方文山，作詞人，作家，長期與知名創作歌手周杰倫合作，詞作等身，其流行歌詞以華麗詞藻、引經據典、強烈且奇幻的畫面感為人稱道。

一

為了玩創意，方文山自己打造私部屋，花了兩年多時間，在四十一坪空間裡安造七個不同風格設計房廳，名為「方道文山流之私部屋」。

遊走在方道文山流私部屋，就如同走進魔法世界，前一腳才離開日本禪味湯屋，後一步便踏進後設時空廢墟工廠。

但是，方文山很少住在這座城堡裡，所以不該忘的都忘了。怎麼說呢？在我們造訪的那天，只見他從外面匆匆趕回來，大家期盼城堡大門開啟，主人竟然忘了門鎖密碼，試了多次也不得其門而入，我們只好陪著他等候保全公司派人前來解除密碼設定，才能進入。

這個序幕有點尷尬，方文山卻不以為意，淡淡地說：「工作太忙，作息不定，平時都睡在公司或去女友住處。現在只有要找東西、朋友來喝酒聊天或媒體要採訪，才會回來。」大約兩、三星期回來一趟，「轉一轉，看看有什麼事囉！」

聽他這麼說，感覺好像包租公去巡視自己的房產事業。

七座方道文山流樣品展示間

方文山在部落格介紹自己的私部屋時，開宗明義強調「居住空間最能反映一個人的行事風格與人格特質。它就像一座個人品味的展示館，同時也是個人內在氣質的具體延伸。」這段話說得真好，他的家就是最好的示範。

回家第一件事——打開電視，快速按鍵選台，音樂、新聞、戲劇、娛樂台跳接傳出的聲響，像是眾卿恭迎主人回到城堡。他往沙發上一坐，點了菸，一派隨性自在。助理問：「掃把在哪？」他一臉茫然，助理只好開始收拾他上次回家時喝完的飲料罐及散落在桌上的雜物。

當初買下這房子要裝潢時，方文山覺得，自己從事創意工作，居家設計不應假他人之手，於是規畫、設計、挑選材料和監工，樣樣自己來。

他家有七個空間，由於喜歡不同空間的變化感，又堅持統一調性的美學，因此每個空間具有不同功能和設計風格。地中海風情的客廳，台灣古早柑仔店式的餐廳，法國普羅旺斯田園風的廚房，如廢墟工廠的臥室，日本禪味的湯屋，熱帶雨林的浴室，以及美式情調的花園。

裡裡外外加起來才四十一坪，一應俱全，令人難以置信，也不得不嘆服於他的創意巧思。

主人常態性缺席的私部屋

來台北工作十年，方文山最大的夢想就是有一個自己的家。但遷居三年，真正住在這裡的時間加起來只有半年。主人在與不在，都讓這座城堡的改變看得見。一切要從「**本來**」說起。

台灣懷舊風的餐廳，是他花費最多心思的空間。如今，手搖電話、電線桿、糖果罐、老式刨冰機、汽水木箱、長板凳、香菸櫃、破舊木窗散置四處，像是倒店的柑仔店。他趕緊解釋「本來」這裡整齊陳列收藏多年的台灣民俗文物，還有家人早期生活照的拼貼框，為了上次拍電影，拆下來當道具，電影完成後卻沒空還原。

「**本來**」室內屋外綠意盎然，因為主人無暇照料，植物早已枯萎，只留下客廳角落的花盆和湯屋裡的殘葉，證明「他們」曾經存在。

為搭配石板牆，費工貼了木皮的冰箱，已變成置物櫃，當然他回到家只能吃泡麵或買外賣食物。

花園裡「**本來**」還養了魚，水乾了，魚也死了。後來野貓潛入，以為這裡沒人住，霸占窗台一隅為家，甚至大剌剌地把這裡當作產房、坐月子中心和育兒教室，來去自如。偶爾返家的方文山，還好心買了貓食來餵養這批嬌客。

更令人絕倒的是他的臥室。房門口地上一個刻印著「方道．文山流」字樣的下水道孔蓋，宣示這是主人密室。幽暗空間裡，舉目望去，不是牆上世界各國的車牌，就是整排鐵櫃，如果不是白色床單被套說明這裡是臥室，真以為進入一間廢墟工廠。

他迷戀鐵器生鏽的質感，拉開鏽跡斑駁的鐵櫃，展示這是衣櫃。我們的恍然大悟，對上了主人得意的笑。忍不住問：「你在這裡睡得著嗎？不會做噩夢？」他說：「當然睡得著，我不認床，在哪都能睡！」

這樣風格獨特的「家」，任誰出入其中，都要忙著跟隨視覺感官轉換情緒吧！方文山說，一個人在家經常把收藏品拿出來分類整理、展陳拍照，或上網查資料、和朋友聊天，可做的事多了。

豢養精靈於室 創造不同故事

方文山公私分明，那些膾炙人口的歌詞，和歌手和團隊有關的事，都在公司創作，家是他寫詩和發夢的所在。坐在希臘藍、白色系為主調的客廳裡，他幻想著「我家是精靈世界，每個空間是不同部落，巫毒族女孩玩著塔羅牌……」他興奮地說著，「啊！原來我設計了不同的空間，就是為了要創造這些故事……」才子完全喜形於色，絲毫不掩藏。

「現在這個家百分之九十符合我當初的理想。」方文山說將來有空，他還會在家裡弄個斑馬線或鐵軌……「我喜歡把戶外的東西放到室內，如果有錢買個潛艇改成住處，也很酷呀！」

家果然是他發夢的源頭。也許正是這些等待實現的夢想，他才有了創作的動能。

採用減法的詩人生活

一個人住×夏夏

採訪——杜嘉馨、黃俊隆
撰文——杜嘉馨
攝影——Ivy Chen
採訪時間——2009/05/30

夏夏

夏夏，跨領域創作者，詩人、劇場人、小說家，著有詩集《鬧彆扭》、《一五一時》，小說《煮海》，戲劇編導作品《煮海的人》。

一

大學到台北就開始一個人住的夏夏，一直住在師大附近，固定在台北市南區活動，夏夏不住大屋，不留戀私人物件，獨自一人的生活安靜簡單又規律，要發呆要創作自便。

我們到她家採訪時，她正處於「準備搬家」的狀態，兩週後就要搬到附近較大的新家。

「我的活動範圍不出大安、中正區，常去公館、師大，住這裡很方便，許多劇場、詩人朋友也都住附近。」

夏夏並非不食人間煙火的詩人，白天有正職工作的她，將另一個身分隱藏得很好。傍晚回到家，就開始過她那屬於詩人的私人生活，完全是兩個生活圈，切割得很徹底。

「回到家，第一件事就是坐在沙發上，發呆、看書，然後去運動。以前是到附近河堤跑步，但很容易受天候影響，而且河堤騎單車的人越來越多，現在都到健身房運動。」

每天運動完，吃點東西之後，夏夏就睡了，一個人過著非常規律的生活。

生活痕跡
重於生活物件

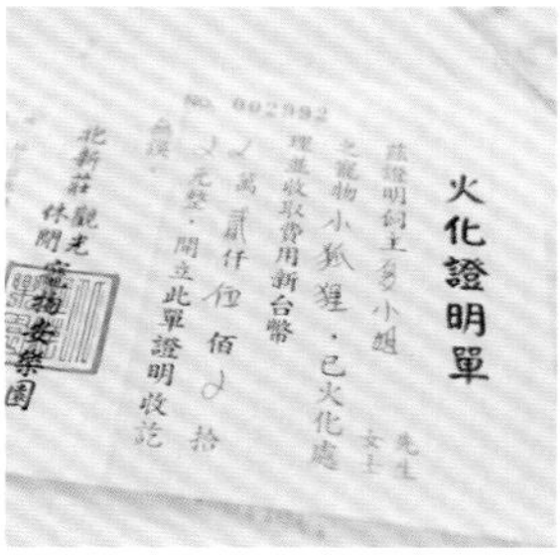

在這一個人的房間裡，沒有累積太多物品。

夏夏是個很會丟東西的人，衣服和書只要用不到就會賣掉或送人，唯一增加數量的物件只有椅子。然而在此處五年的時光流轉所帶來的變化，還是靜靜地留下了痕跡，無聲地傾訴著屋主的心情狀態轉變。

床頭牆上，有夏夏睡不著時寫下的數羊數字和幾個朋友的電話號碼；櫃子旁的角落，有夏夏的愛狗小狐狸生前使用的碗；吃便當的透明桌墊下，放著小狐狸的火化證明單。

小狐狸和夏夏有一段如《小王子》般奇遇的緣分，以前有牠相伴的日子，夏夏每天都掛念著牠，一下班就急著回家看牠在幹嘛，不管去哪裡兩個都在一塊，採訪時牠也一起入鏡，附近咖啡館、店家無人不識小狐狸。

然而，小狐狸的離開，是夏夏遭遇一連串生活變動的最後一樁重大事件。

「以前我做扭蛋詩、火柴詩、刻印章、剪紙……這些創作都是因為自己覺得很有趣，也為了讓人覺得好玩，但是現在的創作理念已經和以前不一樣了，我無法認同創作是為了好玩。」

用減法 生活不花俏

於是夏夏把原本刻印章的大張工作桌丟掉。

「事實上自己不可能帶給別人什麼，現在關注的是：人是怎麼轉變的，如何面對痛苦、挫敗，人又如何跟一輩子相處，怎麼為自己做決定、同時順應命運……」

夏夏現在認為，只要找到一個想探討的問題，即使那幾年只做一件事情，也具有意義。

於是，夏夏的生活習慣、創作理念從去年開始起了大變化。她現在寫小說、劇本，一次寫五、六個小時。少了愛狗相伴，夏夏考慮接下來要養貓，但也一切隨緣。在這個沒有洗衣機的房間，衣物幾乎都是夏夏自己手洗，冬天厚重一點的，她就帶到朋友家去洗。

要搬新家，但夏夏不打算增添任何新家具。她從不特別布置房間，在她家看不到多餘的花俏東西，但是「需要什麼，我就會去做。」

夏夏的生活如此安靜簡單，或許是創作所面對的生命課題已經讓她沒有餘力去應付更複雜的生活型態。自由而規律的單人生活，或許這就是詩人的生活韻腳。

度假小屋裡的單身幸福

一個人住×蘭萱

採訪——黃哲斌、黃俊隆
撰文——黃哲斌
攝影——Ivy Chen
採訪時間——2009/06/25

蘭萱

蘭萱，媒體人、作家，廣播節目《蘭萱時間》主持人、自稱「資深單身女子」。著有《是的，我單身》。

一

二〇〇六年，蘭萱將屆四十不惑，她送給自己的生日禮物之一，就是寫了新書《是的，我單身》，掀起書市熱烈反應。我們造訪了她的單身新居，一探屬於她一個人的幸福。

蘭萱的住處很矛盾，既像個隱密的洞穴、舒服的家，卻又像極自在開闊的熱帶度假小屋，一進屋裡，只想穿著人字拖，端杯冰涼的飲品，窩在明亮的客廳發呆。

訪問當天，我們一行人抵達蘭萱住處後，前半個小時就處於這種被催眠的慵懶狀態，彷彿自己不是來工作，而是陪蘭萱飛到兩千公里外，在沙灘上撐起紅白相間大洋傘，啜飲著Piña Colada。

她的住處就有這種魔力，事實上，蘭萱買下永康商圈這間靜巷公寓，重新裝潢時就告訴設計師：「希望回家時，能有度假的感覺。」因此，室內設計師除了以整面落地窗營造明亮的通透感外，也加入不少峇里島與愛琴海的元素。

此外，從蘭萱的客廳透過陽台往外望，對門人家的院子裡有一株長得極好的土芒果樹，盛夏結實纍纍，竟有鄉間逸趣。

迷糊但幸福的
的一人生活

在台南長大的蘭萱，在台北求學工作，原本大多與妹妹蘭薰同住，四年前妹妹結婚，她才開始一個人住。蘭萱說，一個人住不必在意其他室友，可以穿得很隨興，看電視也沒人搶遙控器。

「以前跟妹妹一起看電影台，她常跟不上劇情，不時在旁邊追問，很破壞氣氛。」

話雖如此，蘭萱姐妹倆其實感情極好，喜歡烹飪的妹妹常變出各種奇妙的菜色，兩人一起分享。

自從一個人住，蘭萱的冰箱變得空蕩簡單。某個夏日，蘭萱忽然很想吃生菜沙拉，於是買了一堆蔬菜，拌著沙拉醬，剛開始覺得很幸福，結果那堆生菜足足吃了一個多星期，從此再也不敢發宏願下廚做菜給自己吃了。

一個人住還有個麻煩：萬一忘了帶鑰匙，別指望有人幫你開門。

自承有點迷糊的蘭萱，常為了忘記帶鑰匙、手機這類瑣事，把自己搞得很緊張，幾乎想依照唐湘龍的建議，在門口玄關貼張紙條，出門前自我檢查。

踏實生活 × 浪漫情調

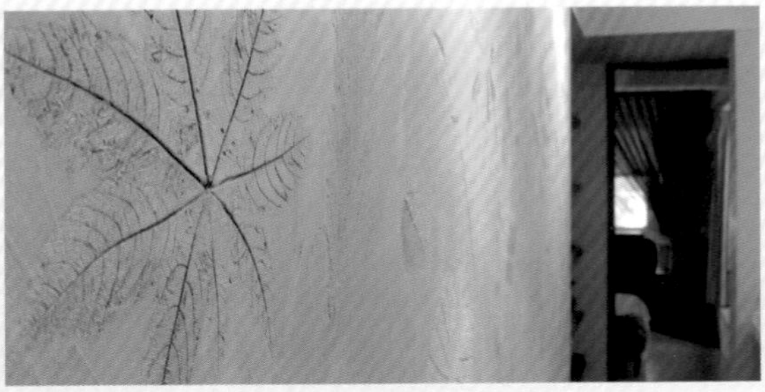

不過，生性浪漫的蘭萱，很能享受單身的生活情趣。

她會在周末租幾部電影回家，點燃精油或香水蠟燭，「發展出一種讓自己舒服的生活方式。」而且她的住處永遠有新鮮的花朵，向日葵、海芋、桔梗、香水百合，輪流擔任座上賓，這是她難得奢華的小習慣。

藉著出門買花，她會在住處周圍逛一圈，永康街、潮州街、金華街，碰上眼熟的鄰人，彼此微笑打聲招呼。

「買了這房子，我第一次有種安家落戶的踏實感。」

再不然，她會三不五時讓屋內小變小動，這裡一幅畫、那裡一件擺飾，她甚至認為客廳的整面落地窗還不夠，動念想在浴廁的牆上打一道窗，讓屋外的好光線穿門踏戶，照進她專屬的小窩。

還有呢？蘭萱豪氣地說，希望把頂樓平台變成空中花園。

不過這願望茲事體大，她說，沒關係，一切慢慢來。

二十段自拍的獨處時光

一個人的自拍

×

Mao
朱盈樺
李欣芸
唐青
Jennie Lin
蕭青陽
成英姝
李焯雄
LIVE
顏忠賢
Emily
李洽
黃庸硯
王子麵
林韋君
Toutou
那拓孜
張雍
顏可欣
林畢魯

朱盈樺

視覺藝術創作者。現居行李箱。巴黎／倫敦／新加坡／台北。http://wxy.plus-zero.net/

二〇〇三年。夏天。倫敦。

二〇〇三年。夏天。倫敦。第一年出國。到達。赤腳。站在針孔相機前的十五分鐘 。
[non-place]。 起點。終點。看不見的台北。離開。
二〇〇九年的夏天，我還在倫敦。同樣的空間，不同的眼睛。

二〇〇六年。夏天。倫敦。

你看得見我，你看不見我的幸福快樂。
我看不見我，我看得見我的幸福快樂。

二〇〇六年我還在倫敦的學校宿舍，然後用想像把自己的身體放進娃娃屋裡，那是我所看見的幸福快樂。

Mao

編劇，瑜珈老師。

二〇〇六家中浴室

為自己拍一張照片，親手終結一個祕密。

二〇〇六年初，我結束了一段傷得很重的戀情，搬離那段關係，開始獨居。

有天，突然發現前額瀏海裡，藏了一個約一元錁幣大小的圓形禿，彷彿象徵看似完好的我的內心，藏著一個殘缺醜陋的傷疤。因為覺得它不堪入目，我不敢對任何人說，直到，遇見了一個英國巫婆。巫婆說，我覺得自己有罪，因為我沒有成為自己。

回家後，我拍了這張照，並在部落格公開這個祕密。我想成為我自己，並將那殘缺醜陋的，拿出來曬曬太陽，讓它結痂，恢復，然後新生。

李欣芸

音樂人。曾獲曾金馬獎最佳電影配樂，金曲獎最佳演奏專輯獎。

二〇〇七年六月，好友在荷蘭的小鎮舉行婚禮，禮成後我抓住行程剩餘的一點時間，往北到哥本哈根的安徒生故居參觀。在安徒生美術館的café用餐時，窗台上這座雕像引起我的注意——一個小人自不量力地拖著一個巨大的球體，於是按下快門，沒想到自己也映在球面上，成了自拍。在安徒生的眼中，人間充滿了童趣，同樣的世界反映在小人的金球上卻彎曲變形。到底我們能不能得見世界真實的樣貌？還是註定只能因著自身的差異，各自擁有不同的世界？

二〇〇七哥本哈根

04)

唐青

音樂人‧唐青古物商行店長

二〇〇九年一個夏日午後在故宮對面原住民博物館後面的溪岸草地

那一天意外發現了一塊綠色草地。

遠在藏區的學生們曾不約而同問過我：台灣也有草原嗎？

八年前一趟英語教學之旅以後，每一年都有藏族學生含淚問我還會再回來嗎？因為不忍，一年又一年答應。

他們的草地，是犛牛棲息、族人搭帳棚，也是我們一起唱歌遊戲、騎馬奔馳的地方。

他們長大去城市求學，久久看不到一片草地，就會渾身不對勁。

草地後來也成為我的鄉愁。

現在我終於可以告訴他們，我的家鄉也有一片草地，雖然很小，但那是我的避難所。

是的，親愛的孩子，每個人心中都需要一片草原。

05)

Jennie Lin

Flutist

主音tonic，中音mediant，屬音dominant，導音leading tone……

我認真寫著筆記，突然一個紙條落在腳邊。

和聲學教授搶先撿起來大聲唸——

「You are my leading tone.」

我低著頭紅著臉不知所措，

你則被罰當場在鋼琴上彈出二十四個大小調的終止式。

當年以為舉起手就可以摘下星星的我們，

最後寫下的不過是段短暫美麗的passing tone。

久違的你我，今晚首次在舞台上重逢，

相視微笑中，只能以音樂向似水年華舉杯。

二〇〇九台北演出前的琴房

06)

蕭青陽

美術設計師，曾四度入葛萊美最佳唱片美術設計獎

親愛的　我還在紅頭村

架在海邊草原上幾座音響，在接連幾首熱門饒舌歌後，阿文哥背著吉他對著綁在漂流木上那根陽春麥克風唱起今晚第一首歌：「別管以後將如何結束，至少我們曾經相聚過……」

每次有營火堆，就會有人唱〈萍聚〉，隔了許多年後又一再聽到，歌聲響起總會讓我變回十九歲。

年少的我，習慣每天帶著隨身聽，騎著機車從中和南勢角到台北民權東路的上格唱片工作。記憶中隨身聽裡只放著那卷F. R. DAVID的《GOOD TIMES》卡帶。

當時，我在上格唱片擔任唱片美工助理。就在十九歲那一年，唱片公司發行這張《萍聚》唱片。印象中，我的部門主管很用力地把唱片封面做得很土。然後隔沒多久，這張唱片因為這首救國團歌曲大賣！

又隔好多年，每回營火再燃起，這首歌總會出現。然後，我就想起那段戴著耳機騎著機車，塞在台北基隆路到公館，再到福和橋的那段有漸層藍天的夏日時光。

長大後的我，變得很不喜歡跟朋友聚在一起，因為我還是不喜歡分離的感覺。

記得每一天都要過得很好／蕭大俠。

07

成英姝
作家

一個寒流來襲的冬日在草山行館藝術村

這是我在草山行館的藝術家工作室駐村的時候自拍的，拍攝方法是把相機先安裝在腳架上，然後固定於二樓的欄杆，按下自動計時快門後，趕快飛奔下樓，在相機下方的位置做出想拍的動作（jump）。

除非靈魂出竅，人平常沒機會從頭頂上俯瞰自己，這角度想像與實際往往大相逕庭，所以設想的構圖事後比對結果，總要再三調整，加上一個不小心常躍出鏡頭外，沒有使用連拍，都是單張拍的，很有挑戰性。寒流來襲的山上嚴冬，一個早上我跑上跑下百來次，玩得滿頭大汗。

08) 李焯雄

作詞人，曾獲金曲獎作佳作詞。http://www.lizhuoxiong.net/

你不認得我了
我卻第一眼就認定了你
我不過是你千千萬萬之一
卻誤認你是唯一

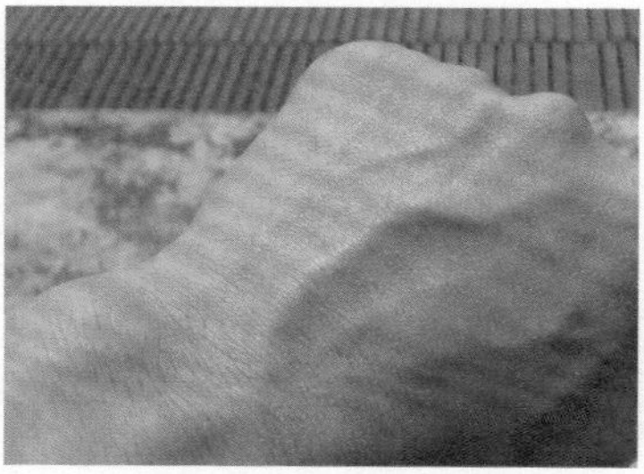

二〇〇九銀河系

09) LIVE

SOHO

二〇〇九年五月某星期六　一個人的房間

不抽菸，
卻總是喜歡演繹著那象徵許多感覺的舉動姿態氛圍。
現在是星期六下午三點，
有著一個不屬於這時刻的陰天，
和一包原本屬於計畫裡野餐大草地上漂浮的太空氣球，
我打開它，
緩緩地，
吹出一個沉沉的圓。

「這是一個在我邊將它吹起，
邊訴說著許多話語的球，送給你我的祝福。」
忽然想起那年課堂上嬉戲的我，
最後在下課時為了巴結老師而送出了第一個賦予故事的太空氣球，想著想著我又吹起了另一個兩個三個，
來填滿這哪都不能去該死的星期六下午三點。

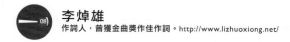

10) 顏忠賢

藝術家、作家、實踐大學建築系副教授

柏林

左圖

一個人在這裡是很多個一個人。

在柏林。在柏林的當代美術館裡，在一個展覽的房間中，走進去，什麼都沒有，牆上沒有掛畫，地上沒有雕像或甚至怪怪的任何可能所謂「展」的東西，房間裡，看了好久，確定是全空的。

什麼都沒有，甚至，沒有門，只有鏡子，貼滿天花板和牆面，所以像幻覺，但沒有參考點式的座標系，三度空間被壓扁成二度的銀箔面上，上下顛倒，左右相反，而且無限重複，延伸至四方更深的遠方，沒有終點。

或說，像是在也全是鏡面的電梯間而且只有自己一個人的那種明明看來空間因無限延伸卻又感覺很狹窄會幽閉恐懼症發作的恐懼，而且這展覽的房間更放大，更沒有真實感，像科幻片或恐怖片那種精心打造出來的幻覺的精密，但，這裡沒有陰謀，沒有惡魔，沒有密室殺人，甚至也沒有電腦特效的繁複……只有，在簡單的空房間所變成的抽象象限裡，使人陷入一種被什麼所遺棄的狀態的抽象。

像失重，像失去了什麼般地「失真」了。

唯一的「真」的參考，只剩下自已，我……一個人。

右圖

後來，很多也來看展覽的人走進來，我的密室，我的幽閉恐懼症突然好了，打開了，變成很多人，而不是很多我一個人。

但，事實上，每個剛進來的人也陷入跟我同樣的幻覺裡，也很恐慌，這裡是柏林，這裡是當代美術館，什　彷彿都有可能，什麼都會發生，大家都在等待各式各樣的驚嚇，之前許許多多展間展的，其實反而都在較勁彼此極寫實極殘酷到一點也不抽象的離奇。

有影片中暴力血腥的聖誕老人，有攝影中赤裸自虐的女王，有畫裡集中營的大屠殺……這館裡的展覽一如所有的藝術的當代所召喚的，老是不免有著種種…….一個人到一個城市到一個國家到一個時代的幻覺的令人恐慌。

只是，到了這一空房間，所有的恐慌的參考座標的那些歷史的、災難的、殘虐性愛的種種……沉重突然全然失重了。

因幻覺而抽象而失真了的這個密室裡，只剩下每個人的……自己。

他們的自己，一個人。

11) Emily
出版工作者

二〇〇七夏天香港

在成為敗犬的年齡以前，愛米粒是不化妝的。
前幾年去員工旅遊時，傻呼呼地跟著喜歡買化妝品的同事亂買一通。
然後晚上回飯店，大家像小女孩玩扮家家酒般，亂畫一通。
員工旅遊回來後，一想到化完妝之後還得卸妝，就覺得累了。

前年夏天去香港時，趁著等朋友的空檔，乾脆在飯店練習起化妝。
但要頂著不熟悉的臉，推開飯店的房門走到街上，是一整個不安。
索性拿起相機自拍，把自己當路人評估一下。
哇，這傢伙，是要去哪啊？！

12) 李洽
服務業

某一個窮極無聊的下午，臨時起意拍了這張照片。
架了腳架設了自拍器，一切太隨便地連焦都沒對。
沒有從這個角度看過做這種動作的自己。心想著如果在男友面前
這樣抓屁股，說不定會很性感撩人？
結果，只是個屁股下垂的阿伯在抓癢啊。

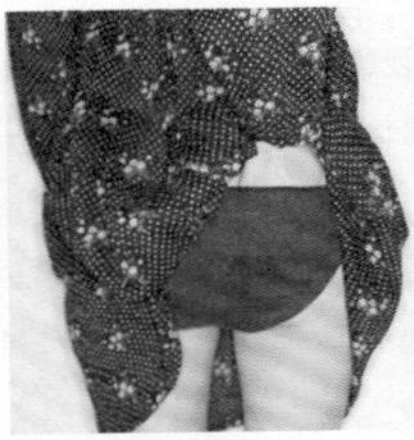
某無聊下午於自宅

13)

黃庸硯

差六天滿三歲

二〇〇九年二月二十六日在自宅臥室

人生的第一張自拍照

把拔在上網、馬咪在看電視，兩個自私的大人。我只好自己找樂子，拿起把拔的RICOH R10，打開電源，我像是端著獵槍的獵人，開始獵取這個世界。喔，好吧，獵取這個房間。

我學著大人的口氣，吆喝著馬咪：「看這邊！看這邊！」吆喝著把拔：「看這邊！看這邊！」但是，沒有人理會我，他們像是一群埋首喝水的草原動物，無視於獵人威脅的準星。坦白講，我有點無聊。

於是我轉過槍口，朝著自己，我為什麼不能跟自己玩？所以我扣動扳機，開心地拍了五張照片、十一段短片，都是我自己，只有我自己。這是第一張，也是最模糊的一張。

我才不需要自私而無聊的大人，我學會一個人跟自己玩、跟全世界玩。

14)

王子麵

漫畫家、美術老師

二〇〇四自宅

外婆年輕時，為了養家活口吃了不少苦。除了帶孩子，做家事，私下做旗袍，洋裁修補的手工更是了得。

如今，小阿姨殘障未嫁，外婆年紀也大了，且膝蓋不良於行，只靠老人津貼與媽媽的薪水過日子，使得獨自照顧小阿姨的她更加辛苦。

小時候暑假我都在外婆家鬼混，附近的柑仔店與小書局都被我逛遍了還不想回家，吃得滿嘴紅孜孜的芒果乾沒人管，冰箱裡永遠都有冰冰涼涼的健健美（大一號的養樂多）。我真的太愛去外婆家了。

現在有空時我還是會帶維他命回鄉下看看外婆。看著她高興又吃力地翻著老舊的冰箱說要煮東西給我吃，我哪捨得？於是我決定幫辛苦的外婆賺外快，跑去永樂市場買布料，將之前在上海訂做的古董小姐衣版型帶回台灣，並且將這些旗袍與小姐衣重新設計，改良得復古方便又好穿。

同時，將這些做好的衣服上網拍賣，給外婆貼補家用。不過，代價就是拿我自己當模特兒。

15)

林韋君

模特兒

二〇〇九年二月二日晚上在義大利羅馬

二〇〇五年開始旅居倫敦，每年前往羅馬參加兩次高級訂製服時裝周的盛會。今年七月是第四次參與，非常興奮。這張自拍照是今年二月春夏周的最後一場閉幕秀，設計師為Abed Mahfouz，一位黎巴嫩設計師，他設計的服裝顏色相當美麗鮮豔卻柔和。我也很喜歡這場秀的彩妝，粉紅粉紫呈現春夏清新的氣息。這件粉桃紅單肩雪紡禮服的照片，是趁著兩分鐘換衣空檔抓著相機快速攝取的。身後的工作人員和裁縫阿姨們都很認真地幫大家換衣打理，匆匆抓住在後台匆促又忙亂的一刻。

16) Toutou
自由文字工作者

巴黎適合戀愛，更適合失戀。變成朋友的戀人們，與變成戀人的朋友們，不約而同地在這個城市相遇。而我，幾個人生轉換期都在這裡發生，短暫留駐，卻拖了道長長的痕跡。

Je veux que vous m’aimiez. 不知是誰用口紅在鏡子上寫下這句：「我想要您愛我。」然後Alexi在路上撿回這面鏡子。被遺棄的心情，被遺棄的鏡子，現在因為另一個人的擁抱而有了溫暖和生命。

它就放在門前的走道上，對著窗口，窗外是巴黎的天空。

我在鏡子裡，微笑著，咒語失效後，我們都自由了。

二〇〇八年九月 Chez Yujun et Alexi, Paris

17) 張雍 Simon Chang
攝影師、導演 www.simon.chinito.com

二〇〇七，一月在印度 新德里

這是我在印度拍的最後一張照片。

離開的方式有點狼狽，也許是過於想念當時在布拉格的女友，也許每天密集的拍攝使得身心十分疲憊。我改了機票，待了將近一個月，決定提前回歐洲。我想這次沒準備好，第一次看到這麼多的人，這麼多的故事在眼前流動，我來不及捕捉，在這時光隧道的另一端迷路，找不到相對應的出口……我想就印度這樣的國度來講，永遠也不會有準備好的一刻，只能深呼吸一口，下一次再跳進這充滿巨大能量的漩渦。

18) 那拓孜

波蘭裔美籍人士，妻子為台灣籍。金礦開採風險管理人。

二〇〇五年一個夏日在剛果

二〇〇五年仲夏，大雨日夜不停地下著，潮濕的空氣燠熱而凝滯。我和金礦公司同事紮營在剛果東北部的伊圖利森林，等待聯合國人員抵達來調查關於違反武器禁運的控訴。

在被各式昆蟲占領的營地中，我等了兩個星期，無聊到開始用左手幫右手和滿地的甲蟲拍起寫真集。好不容易說服了幾個當地同事走出營地，帶我去找傳說中的森林矮人族。許多不久前才停火的民兵荷槍在營地外走動，我們快步往泥濘濕滑的森林深處前行，林中一片黝黑，連溪流也被濃密枝蔭遮蔽，同事赤著腳在朽木和樹叢間飛跳，穿著專業登山靴的我緊緊跟隨只求別滑倒。這樣昏天黑地走了不知幾小時，來到了一處開闊的空地。待眼睛漸漸適應陽光，我看出角落有兩間用樹枝搭成的矮小茅房，比一般狗窩高不了多少，上面覆蓋著樹皮及闊葉，裊裊炊煙從房中飄出，卻沒有半點人聲。

「RAFIKI！RAFIKI！」我們用史瓦希利語喊著：「朋友！朋友！」久久都沒有回音。我們無助地站著，被靜默而飽和的空氣包圍，感覺這些森林住民好像正從無垠的層層深綠中窺看著。正準備放棄離去時，一個滿臉皺紋的老人從矮房後緩緩走來，用一種奇怪的姿態握住我的手，右膝幾乎半跪著，他的頭還不到我的手肘高。

這是我和木布提（MBUTI）矮人族友誼的開始。

19

顏可欣

自由工作者 www.flickr.com/photos/fujr/

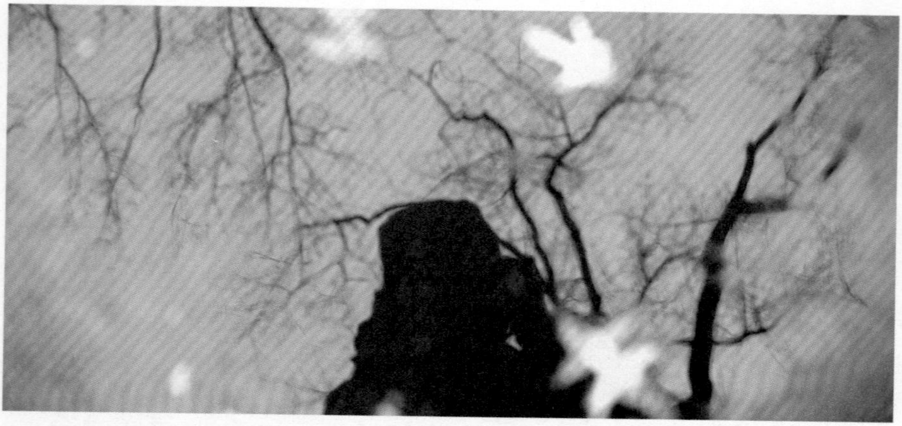

February，2008　Central Park，NYC

冬末乘以飛行時數　空氣中收留速度　白雪　和零散的旅人
融化中的曼哈頓　有點嚴肅　有點精神異常的冷淡

那個城市　充斥著上班族的黑色長大衣的　那個城市
腳步聲被積雪覆蓋　不打照面的陌生人　輕描淡寫的關係

突然聽見雪停止的聲音　然後一片寂靜
樓下的掃雪車　和著刺耳鐵鏟聲　直接傳送到還在做夢的右耳

中餐被一碗熱湯打發
徒步穿梭在中央公園前　馬車與馬車伕之間
深灰色的影子和淺灰色的雪
鐵灰色的建築物和灰白色的樹梢
都列入快門存檔

那個城市　生活和地鐵密不可分的　那個城市
從上城直達華爾街的午安列車
耳機裡重複播送The Strokes的〈New York City Cops〉
閉上眼睛　讓昨日五十六街演唱會的畫面代替擁擠的第三節車廂
然後　被一杯熱咖啡收買

不間斷灑進車內的陽光　透露出窗外風景的細節
記錄那個城市和我之間看似毫無關連的密切

直到空白的時刻停止在飛往下一個城市的航班上
穿著同一件紅色大衣　試圖在人群中尋找短時間的精神放逐

—— 20)

林畢魯

棒球選手

為何要一個人隻身來到巴黎？

冬日，天空偶爾飄下細雪，雙手冰冷插進口袋，嘴裡不停打著哆嗦，一個人在奧維小鎮晃蕩一整個下午。在那片曾出現在梵谷筆下的麥田前呆立良久。

這便是遠方對我的呼喚？

拿起相機，對準自己的臉，生平首次如此渴望自己的肉體可與某個時空、畫面合而為一。是寒冷、孤獨令臉部糾結成團？尚未習成一個人自拍？或那畫面是不容侵擾的……？

最終，我從相機裡刪除了所有「有我」的照片。只有，故事，是永恆的。

二〇〇六巴黎奧維小鎮

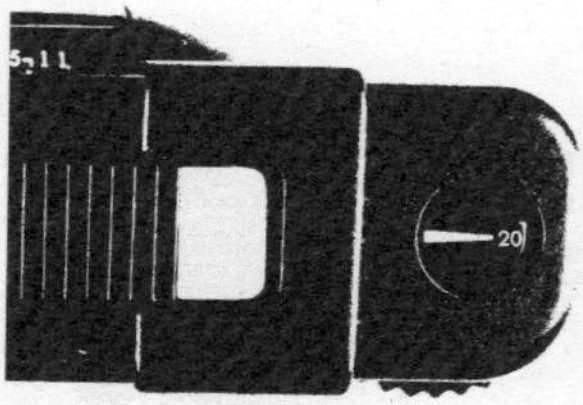

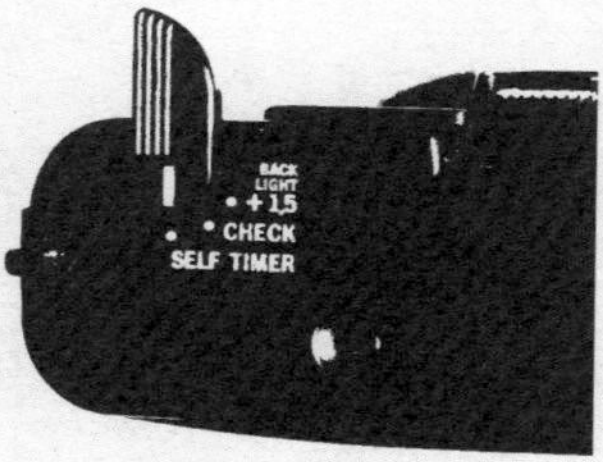

To Practice Everywhere & Everyday

撰文——佛洛阿德
繪圖——aPple Wu

一個人的房間

居住空間，即是個人內在氣質的具體延伸？現在就來檢視一下你的房間裡有什麼，看看你的內在隱藏著什麼樣的性格吧！

Q.1

花朵帶來大自然的顏色和氣味，你會買那種花來佈置你的家？

誰能享受獨處時光？

A

你個性較龜毛，在意的小細節多如牛毛，在外對很多人事物都看不順眼，只有回到你的獨處小堡壘，房間內所有事物，都能夠完美依照你的安排不會脫序，讓你過得很安心。

B

個性好相處的你，在任何環境都能找到適應之道，一個人時會安排很多事，不讓自己胡思亂想，不過你還是喜歡群居生活，能和家人、情人共同生活是最好，情況不允許時也要找朋友住一起，與他們分享生活裡的喜怒哀樂。

C

你個性很矛盾，有時很愛獨處，在房裡從事任何喜歡的事情，不想被任何人打擾，這時候朋友找你會拒絕，充分享受一個人的樂趣，不過你有時又會突然很想要有人相伴，會主動找理由約朋友們相聚，到熱鬧場合HIGH一下。

D

你以自我為宇宙的中心，無論獨處或和他人共處，個性我行我素，不太在意旁人。因為你從來不委屈自己，想幹什麼就做什麼，想說什麼就講，所以你都很自在，反而是別人會感覺不太舒服，認為你最好還是一個人在家。

Q.2

當買花回家之後，放置在花瓶，你通常會將花瓶放置在何處欣賞呢？

A 一進門的玄關

B 茶几上

C 餐桌上

D 化妝台或床頭櫃上

會讓你告別一個人生活的原因

A

你的異性緣不錯，因此雖然你能夠一個人生活，卻也常會因為戀愛或結婚放棄獨居生活，讓情人和你同住，進入兩人世界，如果婚後生育兒女，之後還有小寶寶會加入你家，更難再回到一個人生活了。

B

要你一個人生活並沒有問題，生活瑣事可以打理得很好，不過和獨居生活相比，你還是比較喜歡和別人住在一起，既可以互相作伴，如果工作又不甚順利，回家卻沒人可傾訴，你會覺得孤立無援，因此會決定放棄獨居狀態。

C

一個人獨居難不倒個性獨立的你，你能將生活過得多采多姿，在外安排進修與運動將時間表排滿滿，回家後也能自在獨處，但家庭對你很重要，當家人呼喚你回家共住，或是兄弟姐妹和親戚要來和你同住，你會難以拒絕。

D

屬於閒散派的你並不擅長處理生活瑣事，期望在家能夠舒服休息，若鄰居難搞，住處吵鬧，或是家裡老出現漏水、水電故障等狀況，你會覺得很麻煩，動念放棄一個人住的念頭，想找室友或情人共同分攤處理生活瑣事的壓力。

Q.3

有鮮花相伴下，你還會如何做什麼事情，為一個人的房間營造更美好的氣氛呢？

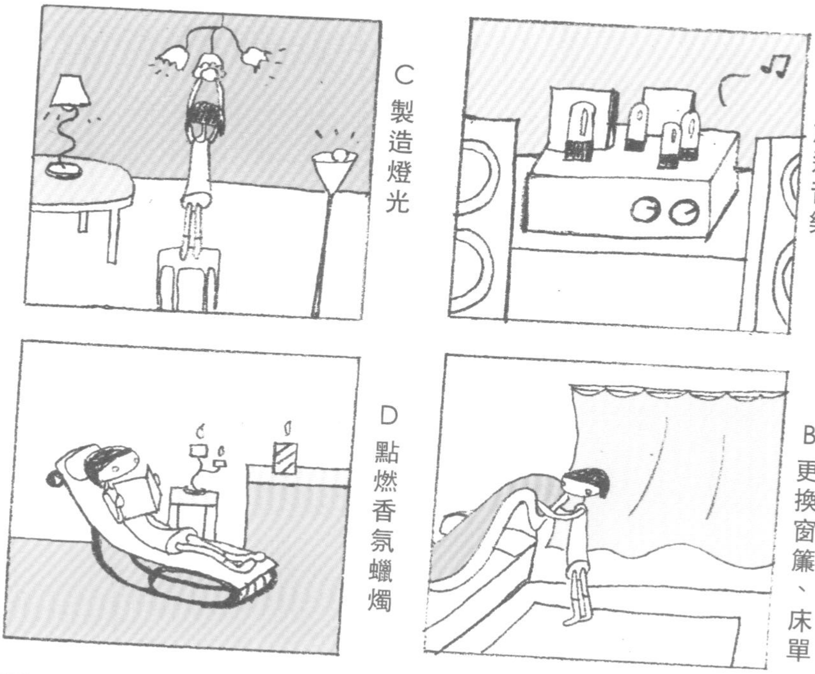

A 放送音樂

B 更換窗簾、床單

C 製造燈光

D 點燃香氛蠟燭

一個人幸福獨處的對策

A

你崇尚自然，對自我很有信心，雖然你很有想法，為人處事卻也進退有據。你喜歡和他人聊天，多找朋友來你的小窩坐坐，不然上網尋找有相同嗜好的朋友，用鍵盤聊天，能不受干擾聆聽音樂，又能趕走突然來訪的寂寞。

B

個性平穩的你，即使一個人獨處，因為不想自憐自艾，會找很多事情來自娛自樂，不讓心情有所波動，真的感到寂寞時，建議你可以飼養寵物，讓貼心的寵物在家陪伴你，在照顧寵物的過程中，幸福感隨之產生。

C

你缺乏安全感，基本上根本耐不住寂寞，經常感到無聊，一人在家會想打手機和朋友聊天，若沒人理你就會焦慮不安，建議你拿出食譜學習烹煮大餐，烤蛋糕或是餅乾，大吃零食讓美食刺激腦內啡，即便獨處時也有幸福感。

D

你自我要求高，在外形象很矜持，上班時壓力大，因此回到一個人的房間時頗享受獨處的感覺，哪天真的感到寂寞，建議泡個澡，在家觀賞喜劇電影和打電玩，假日最好能賴個床睡到飽，完全不用腦，自然忘掉寂寞。

ALARM

一隻駱駝 玉山峰頂三十年

「李臺軍」

採訪、撰文——黃哲斌
照片提供——李臺軍

三十年面對只有自己一個人的工作環境，不必煩惱辦公室人際關係，也不必害怕孤單無聊。他在全台最高處記錄氣象變化數據，一個人在峰頂，眺望著山下點點燈火，及燈火下這座島嶼的俗事紛擾及每個孤獨心事。

遺世孤絕
全台海拔最高的上班族

清晨四點，李臺軍離開山下的宿舍，準備出門上班。與你我不同的是，他必須穿著雪衣雪靴、手持冰斧冰爪、揹著二十公斤的登山裝備，與兩位工友踏上孤獨的通勤路。一路只有山嵐、雲霧、偶爾鳥鳴陪伴，等到他們抵達辦公室，已經是晚上七點。

在玉山氣象站值勤，每班有一位觀測員與兩位工友，他們絕對是台灣海拔最高的居民及上班族，或許，也最孤獨。

雪季清除太陽能板上之積雪

架設於風口、碎石坡之氣象儀器

六十出頭的李臺軍年輕時是商船的報務員，跑過大西洋、印度洋、東南亞。民國六十九年，他與未婚妻訂婚，不想再四海漂泊，於是考進中央氣象局，一開始在海拔兩千四百一十三公尺的阿里山氣象站從事地面氣象觀測，隔年，自願請調到海拔三千八百五十公尺的玉山氣象站，從此在這個東北亞最高的氣象站待了下來，一晃眼，就是三十年。

氣象站位於南投縣信義鄉東埔村，就像它的門牌號碼「玉山北峰一號」，它遺世孤絕，只比玉山主峰矮了一百公尺。每當李臺軍結束休假，必須先夜宿玉山氣象站的備勤宿舍，半夜摸黑起床，像是登山客攻頂十五小時，才能抵達這個鋼骨平房。

後來，他們有了公務車，李臺軍得以先搭車到玉山登山口，但仍然要徒步跋涉十個小時，才能回站上報到。李臺軍說，玉山氣象站直到民國七十九年才有太陽能供電系統，在那之前，每天只有晚上七點到九點發電兩小時，然後只剩漫漫漆黑，或是一燭如豆相陪。

每天五點上班，只能面對一堆氣象測報資料，站內的許多氣象觀測儀器就是他最好的朋友，沒有擾人的分機響聲、沒有突來的訪客、沒有冗長的會議。他的工作環境，就像在阿波羅十三號一樣，差別是地心引力還沒消失，只是空氣異常稀薄，煮飯不能用電鍋，一定要用壓力鍋。

漫漫雪季
用鏡頭收取無邊雲彩山巒

每年十一月到四月是玉山的雪季，也是一年裡最孤寂的時刻。這幾個月裡，不會有百嶽登山隊偶爾造訪，很少有動物出沒，他甚至很少出門，只能待在工作站裡「自己想辦法找事做」。

那麼，在漫長的雪季裡，他如何打發時間？李臺軍最大的興趣是拍照。打從航海跑船開始，他就喜歡拍照，當時拍攝無盡海洋，現在拍攝無邊山巒。他有幾台相機：徠卡（LEICA）、哈蘇（HASSELBLAD）、林哈夫（LINHOF），是他最好也最昂貴的朋友，陪他度過無數孤寂的

白日與黑夜。他是高雄攝影學會的博學會士，開過攝影展、出過兩本「雲與天氣現象」的書，由於天時、地利、人和，拍攝玉山比一般同好更專注、更深入。

李臺軍說，玉山的冬天早上六點日出、下午五點多日落，他會把握各自三十分鐘的黃金時間，記錄那些雲彩光影變幻。只要天氣許可，他就揹著攝影器材，走遍玉山人跡能至的每一角落。

每逢颱風或大風雪襲擊玉山，即使雨雪再大，他每天還是要出門，到氣象站門外十公尺的觀測坪內，記錄各項讀數，再返回作業室整理資料。李臺軍回憶，他曾碰過長達二十天的惡劣天候，戶外能見度不到十公尺，只能困在屋裡。

有時，李臺軍就連躲在室內都不可得，由於玉山風口與碎石坡的陣風非常強，從日治時代原本沒有觀測的氣溫、風速資料，更無法分析原因，對於登山客非常不利。為了建立完整的天候資料，曾經長達三年時間，遇有梅雨、鋒面、颱風、冬季大陸冷氣團，李臺軍就得獨自揹著氣壓、溫溼度、風向、風速等氣象儀器，步履艱難地攀赴玉山風口與碎石坡上架設器材，詳細收測記錄每一項數據。

親眼目睹
點點燈海化為一片漆黑

一九九九年以前，李臺軍每天都必須將當天的氣象電碼，以無線

電話回報到阿里山氣象站，再轉發台北預報中心，因此「不可能一整天未開口說話」。然而，他只能靠著三個電視頻道、半個月補給一次的報紙這兩種對外的資訊管道，理解山下的世界。

一九九九年起，才正式啟動地面氣象自動測報系統，電視也改為數位接收器，可接收十幾個電視頻道。

事實上，除了站上傳輸資料的網路線、獨立的無線電話中繼台，玉山站幾乎與世孤絕。十年前，當九二一地震發生時，氣象站的桌上電腦、自動測報儀器險些被摔到地上，當時氣象站還是日式木造小屋，李臺軍一心只想著保護儀器，不敢跑到屋外。

李臺軍回憶，地震結束後，他遠望山下，發現原本點點燈海的平地，竟然一片漆黑不見燈光，只有西北方遠處有橘色火光。天亮後，收聽廣播才知道是埔里酒廠發生火災。還好〇九一〇的行動電話機房只有部分受損，還能與家人、外界聯絡。

化身為習慣孤獨的稀有駱駝

玉山頂峰，其實就是全台灣視野最好的觀景台，夜裡天氣好時，李臺軍可以從台中火力發電廠開始，一路往南眺望，雲林麥寮、嘉義、台南、高雄市的東帝士85大樓，甚至能看見澎湖外海的點點漁火。然而站得越高、看得越遠，越容易掛念人在嘉義的妻兒。李臺軍說，還好兒女長大了，自己也習慣了。

李臺軍的朋友為他取了一個外號：玉山駱駝。當然，玉山上不會有駱駝，但李臺軍忍受孤獨的耐力，的確很驚人。無論上班日或休假，李臺軍都保持長跑的習慣，每當休假返回嘉義，他一定強迫自己「半小時內跑完五千公尺」。在高海拔的玉山上，稀薄氣壓是長跑者的隱形高牆，但李臺軍照樣跑著，每天上下坡約三公里。也因如此，六十歲的他還能在風雪之際，隻身在玉山頂峰攀爬來去。退休後，這個長跑的習慣沒有改變，現在每天早上都到體育場跑六千公尺，天氣晴朗時還可以一邊跑一邊遙望玉山的主峰、北峰、北北峰。

關於孤獨，李臺軍說，一個人獨處時最能思考問題。三十年間，他原本有機會調回平地城市的單位，但他知道，其他人不容易適應玉山站的環境，他也早已習慣這種孤絕峰頂的日子，而且自認這種單純規律的作息「讓他賺到健康的身體」。

幾年前，因為要照顧當時臥病的父親，李臺軍退休了。山下的生活與玉山峰頂當然不同，然而多年來玉山已教會他：無論在什麼樣的情況，人都要去適應環境。

退休後，李臺軍有時會受邀到玉山國家公園管理處為志工們講解高山氣象，以雲、天氣現象為題材繼續拍照，他與台灣第一高峰的緣分，顯然沒完沒了。

獨處話題

×

紀大偉　聶永真　黃麗如　中古小姐

有時候我們內心會對異文化產生無法遏止的嚮往，有時候我們會想要獨自出發去遠方，但當身心受到真實情況的衝擊，一切究竟是否如同預期中般美好？

有時候會想把自己藏起來，或許是軟弱的自己不想被別人看見，或許是希望可以短暫地進入期間限定的電影腳本裡，體驗自己想像之外的他者世界。

中古小姐、黃麗如、聶永真、紀大偉，四位創作者，給你四種一個人的體會。

一個人在異鄉
學會和東京單獨約會

一開始，語言隔閡是主因，然而沒有朋友、無法和居住城市產生連結的異鄉生活，只會讓人不斷迷失。一個人來到東京的中古小姐從日本婆婆老師塞進手裡的小紙條，感受到愛的溫暖，深切體會並告訴自己必須打開心去愛人，也開始得到回報，接收東京人的愛。

撰文、攝影——中古小姐

中古小姐　旅居東京的OL作家，著有《日本人真妙——東京OL求生術》、《日本人真妙2——東京OL不能不約會》、《輸給敗犬又如何》。

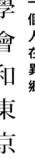

當世界一分為二

十年前，當我一個人來到東京後才發現，世界頓時分成了「我」和「他們」——外國人的我和日本人的他們。

留學生活初期，能到手的喜悅都像被打了折似的。電視節目裡搞笑藝人逗得現場觀眾哈哈大笑時，電視機前的我卻找不出笑點；路上來搭訕的，不論一開始是多麼友善的人，只要聽見我用生硬日語表明自己的外國人身份後，都會立刻閃開；好不容易交到的日本朋友雖然很賣力地想聊天，但他們的話題我怎麼也融入不……

我沒有和他們一起長大，日本人的習俗、日本人熟悉的卡通人物對我來說都是陌生的，我也無法精準表達自己的喜怒哀樂，在他們面前只會用些粗淺字彙拼湊出來的人根本不是我。終於，我發現自己就要不見了，這種似乎要失去自己的寂寞遠比沒人陪的孤單更令人悲傷！明明很愛東京才來到這裡的，明明是以愛為起點的旅程，怎麼也會讓人迷失呢？

有了愛才與城市產生連結

為了避免觸碰到那樣膚淺的自己，我把心徹底關了起來。「我不要像個笨蛋一樣，只會在日本人面前傻笑。」

於是我開始一個人上餐廳吃飯、一個人搭百合海鷗號去台場看夜景、一個人坐摩天輪，雖然當時的自己忙著和東京約會，卻一點都不快樂，像在害怕什麼似的。

某天，學校裡一如往常的日本語課程結束後，六十幾歲的婆婆老師塞了張小紙條過來，紙條裡寫了她的電話號碼和住址，「偷偷告訴妳，我也是一個人活在東京喔，妳如果有什麼開心或不開心的事想找人分享，歡迎隨時來找我。」婆婆溫柔地用很慢的速度講著我完全聽得懂的日文。

從那一刻起，我發現自己和這個城市的關係似乎改變了，我手裡握著的不是一張小紙條，而是愛！原來，我怕的根本不是什麼孤獨異鄉生活，而是害怕沒有愛。我終於在東京找到了比學日文更重要的事！我得打開心去愛人，因為我需要愛。

學會享受一個人和東京的約會

十年過去了，我付出也得到了愛。曾經在加班後的深夜回到家時，戀人端出親手做的麻婆豆腐說：「我想台灣來的妳在失去元氣時，還是得靠家鄉料理才能補充POWER，所以我很加油地做了麻婆豆腐喔。」

曾經在區公所辦手續時突然因為身體不適而被送到醫護室，當時在我身旁待了三小時，不斷拿手帕幫我擦眼淚的，是個素昧平生的陌生人。東京，讓我體驗了好多種愛的形式！八年前，自己一個人看著台場夜景時，只覺得好寂寞；但現在，我已經能一個人看著台場夜景，打從心底說好美！因為我知道不論一個人去做了什麼，都有一些愛我的人會願意在這裡幫我擦眼淚陪我一起笑。

現在的我，日文溜了許多，在工作交友戀愛上，語言早就不是障礙。但和十年前相同的是，我仍然會一個人吃飯一個人逛街一個人搭電車去遠方。如果你在東京發現了一個人的我，請放心，那絕對不是孤單的我，而是真的很享受和東京約會的我。

PRACTICE LIST

東京生活指南｜《留學東京600日》／陳逸瑄／2011／流行風

異鄉自我對話｜《東京摩登》／曾志成／2004／馬可孛羅

原鄉的異鄉人｜《東京鐵塔：老媽和我，有時還有老爸》／Lily Franky／2007／時報出版

角度觀點對調｜《麻煩ㄋㄟ、──給台灣人的日本人使用說明書》／青木由香／2007／大塊文化

一個人旅行

只要一個位子的旅程

位於玻利維亞和智利邊境上的Lauca是個遺世獨立的風景區，在聖誕節更顯寂寥。

對黃麗如來說，一個人上路旅行要玩什麼可以隨興所至，下了車再問酒館裡的人或一面之緣的背包客。行程任意跳躍，選擇可以很感官。況且一張車票、一個位子，很容易塞個位置，看來雖是沒人陪，卻是全世界在陪她。

撰文、攝影——黃麗如

黃麗如　經常出走的背包客。《中國時報》資深旅遊記者，曾遊走40幾個國家。著有《醒來，在地球的一個角落》、《極南——南到世界盡頭》。

「Lauca很美，你應該去看看，沿著智利十一號公路就會進入玻利維亞。」在祕魯南方城市Arequipa的Catalina Hostel，已經在南美晃蕩五個月的Mark興高采烈地跟我說。他來自威爾斯，整夜滔滔不絕跟我說著一路上的奇遇，高山症、被搶、巴士起火燃燒……最後，他說：「謝謝你陪我聊天，我已經好久好久沒說英文了。」

「我也是。」我甚至已經很多天都沒開口講話了。

本來想去看納斯卡線，聽到Mark說到Lauca夢幻的美，我立刻改變心意，驅車南下越過邊界，到了智利。巴士在山徑搖晃著，前座的三個日本人翻著旅遊書，討論要去哪兒、要吃什麼、一個禮拜的假期要如何安排。

一個人在南美洲晃蕩久了，我懶得翻旅遊指南，《寂寞星球》（LONELY PLANET）對我來說是擁擠的星球，大家讀同一本指南、住同一間HOSTEL、搭同樣的旅行巴士。因為過於擁擠，所以我逃離了那一個星球。總是下了車，胡亂找間旅館，至於去哪裡、玩什麼，完全是隨興所至地問旅館老闆、問酒吧的酒保、問在咖啡館認識的人。更多的時候，是憑直覺亂走。

一個人旅行，只需關照自己的心情與需求，很感官。

十二月的Arica街頭炎熱且慵懶，當地人不太出門，許多巷弄有如無人之地。

一個人在南半球過個炎熱的聖誕節

我會帶書，帶一本和這趟旅程完全無關的書。在等待過邊界的時候，從行囊掏出厚厚的保羅索魯（Paul Theroux）的《暗星薩伐旅》，閱讀一個人橫越非洲大陸的晃蕩報告。除了去的地點不同，晃蕩的心情是一樣的。等車的時候看、睡覺前看、等簽證的時候看，一路看下來，我對非洲似乎比對南美洲還熟。

抵達智利的邊境城市Arica已經是傍晚，是聖誕夜的前一天。街頭擠滿了人，不是要趕赴派對，而是急忙地張羅聖誕禮物。沿街都是賣包裝紙的小攤，城市毫無美感可言。眼前慌亂的景致和我想像中天主教國家過聖誕節的神聖、潔淨、典雅完全不同。聖誕魔咒讓街上的人陷入盲目的漩渦。我，有如外星球來的人，鑽進中央市場旁的旅店，安置好行囊，繼續翻著書，神遊非洲。

晚上，想出門走走，經過旅店的小小游泳池，見到另一個旅行者Sophie在池畔喝著啤酒、寫著筆記。

她說：「趕快去採買想吃的東西吧，明天耶誕夜，店都會關。」

「明天我要去Lauca，我想在四千公尺高、覆著白雪的火山前過聖誕節。」

Arica人淹沒在聖誕包裝裡，旅人在此更顯孤單。

一個人的聖誕節，躺在Arica的沙灘，
突然有一種很完整的感覺。

Sophie笑著說：「你沒去看公車時刻表，明天耶誕夜，巴士全部停駛！」

Sophie來自法國，已經在南美洲三個月。她原本和一個朋友一起來，但由於旅途上的狀況太多，兩人的喜好相差越來越大。「兩個人在一起本來以為是作伴，後來變成折磨。只好分開來，各走各的，我可以只挑山看，不要看海。」習慣一個人，就很難回頭。

十二月的Arica熱得地板冒煙，我沒有心理準備在這個平庸的城市度過很炎熱的聖誕節。但此刻覆著白雪的Lauca對我來說是遙不可及的仙境。

一個人旅行，行程很跳躍、目的地很感官，卻很難說好不好玩。可以因為一束陽光而覺得美，可以因為一張票卡而覺得此行值得，可以因為一杯難喝的藥草茶而憎恨一個地方。

Mark一直說Lauca很夢幻，但他的夢境也會是我的仙境嗎？這一路是道道地地的道聽塗說，有時候只是為了一個字眼而奔赴遠方，比方說那應該是世界上最爛的公路、星星多得連到地平線、可以吃到海鮮、可以泡溫泉。

Mark說：「Lauca國家公園很像灑了巧克力粉的提拉米蘇！」就算為了提拉米蘇吧，但我卻被困在看不到甜點的Arica。

「UNO?」
YES, UNO!

聖誕夜的中午在中央市場二樓海產店點了一桌海鮮，一個人大快朵頤。餐廳裡沒有別人，因為在地人都忙著準備過聖誕節，海產店的大叔開瓶啤酒看我吃飯，他說：「UNO*？」

*西班牙文的數字一。

我吃著智利小鮑魚，開心地點頭。UNO，是我一路上最常說的西班牙文，買車票UNO、進餐廳UNO、住旅館UNO！吃飽喝足，再步行到公車總站張羅兩天後去Lauca的車票。

由於連續假期，讓兩天後的公車幾乎爆滿。

客運小姐問：「UNO？」

我點點頭，她立刻把票給我。之前遇到的那三個日本觀光客無奈地看著我說：「只剩一個位置，就是你了！看來我們還要在這個無聊的Arica多待一天。」

前往Lauca的路上一路荒涼，只有風吹的聲音。

一個人旅行，很容易塞個位置，也很容易被忘掉，看來沒有人陪，卻是整個世界都在陪。

缺氧地站在四千公尺高的Lauca國家公園，雖然比預計的晚四天到，但提拉米蘇還在。

我想起了Mark，想起了一路上的一面之緣。一個人，卻有全世界在看顧。

PRACTICE LIST

女子一人旅｜《阿根廷失憶卡》／aPple吳欣怡／2011／時報出版

男子一人旅｜《直到路的盡頭》／張子午／2010／木馬文化

流浪在南美｜《春光乍洩》／王家衛／1997／春光映畫

現在就出發｜《不如去流浪》／賴香吟等／1997／自轉星球

換地方前往｜《十三座城市》／王盛弘／2010／馬可孛羅

一個人看醫生

我還行 我自己來

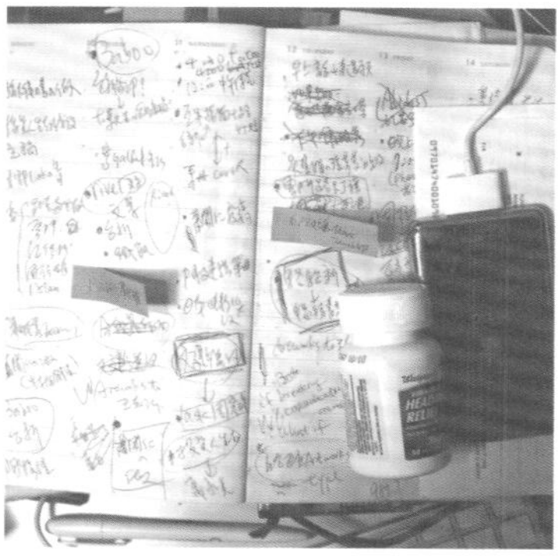

聶永真　國際知名設計師。曾獲金馬影展視覺設計、德國紅點傳達設計獎、德國IF 傳達設計獎、台灣金曲獎最佳專輯包裝設計獎肯定。著有《FW:永真急制》、《Re：沒有代表作》等書。

聶永真說得好：「掛急診這件事沒那麼需要呼朋引伴。」到醫院的路上，可選擇騎車、計程車或救護車，然而在肚子痛到很想切腹時，還能保持頭腦清醒，指令清楚，可不是一件容易事。不過，男生就是不願讓人看到自己虛弱的一面，聶永真仍可酷酷地說：「一個人真的還OK。」

有沒有一個名詞或形容詞，既不是「孤獨」、「孤單」，也不傾向「寂寞」，它可以具體形容「一個人還OK」的狀態，而不帶任何哀怨或可憐的聯想？

撰文、攝影——聶永真

All night fucked up.

在床上翻來覆去一整夜後，清晨五點終於斬釘截鐵爬了起來。草草刷了牙洗把臉、戴上眼鏡拿起背包，叫了計程車，去附近醫院的急診處報到。雖然痛苦想睡但

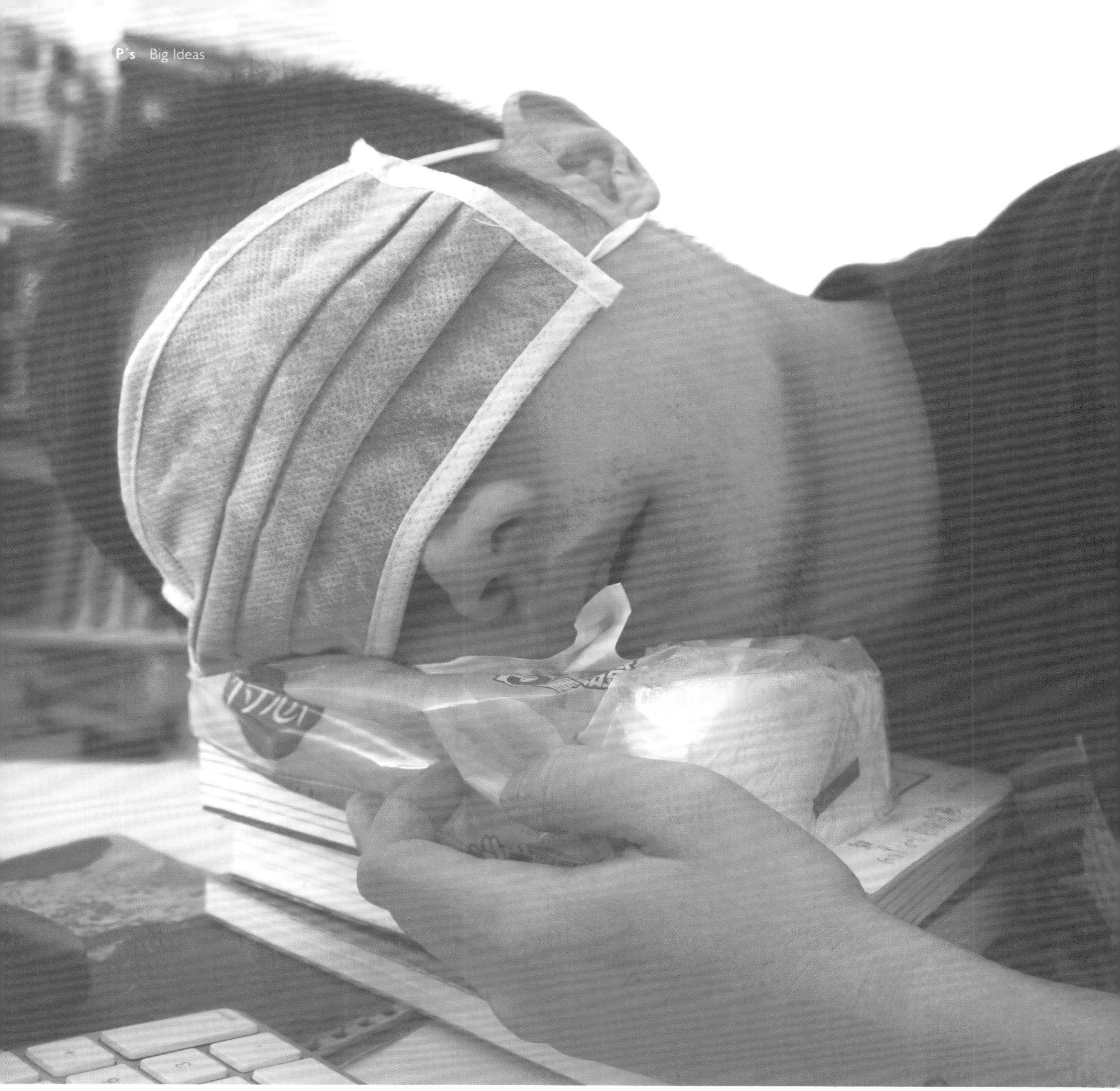

意志清醒，不耐煩地等待半夢半醒的醫生好心降臨點名問診，希望他高抬貴手快給我用力來一針插進我手臂。領完藥坐上計程車到了工作室大概已經六點十五，吃了三明治跟藥後，我多了點力量，把昨晚就要發稿的案子趕在早上十點前處理好全數上傳。

媽媽在八點的時候打電話過來，問我去看醫生為什麼沒有叫醒她？我跟她說我還行，掛急診這件事沒那麼需要呼朋引伴，打起精神地跟她說我其實已經好多了呢！（接踵而來的是失聲兩天大咳一天）

掛急診這件事我的確還蠻在行自己來的。

自己虛弱的一面應該藏起，但別客氣讓我來幫你

在讀北科的時候，偶爾會在某種不知名原因下肚子痛到在地上打滾。有一天半夜真的受不了了，連自己騎車去看急診的力氣都沒有，就自己打電話叫了救護車來宿舍載我。值勤的宿舍教官看到救護車整個傻眼，我跟他說那是來載我的，就走進車裡了。

那是我第一次坐救護車，頭還躺錯方向，好緊張。那晚在八德路的台安醫院過了一夜，每次醫生敲敲打打我的盲腸都沒反應，最後只能被診斷為急性腸胃炎，卻也不發燒不嘔吐不想大便，只能打點滴跟吃止痛藥乾躺著，有時痛到真的很想切腹自殺。在大一大二的時光裡，我大概自動去睡過五次台安醫院。

後來重考讀了台科到畢業的那段期間，從來只記得汀州路上三總急診處的明確位置，以及深夜燈火通明的樣子。我真的是掛急診高手，而且都一個人默默地來，只要自己還能走得動。大概我真的很怕麻煩人家吧，因為生病而驚動家人或周遭的同學實在有點不好意思，很不喜歡他們看到我虛弱的一面，因為那不應該是我，那麼地軟弱無力那麼地糗。

不過反過來，在大家需要的時刻，溫暖支援親戚朋友這點我卻很擅長，總能在任何時間內緊急應變跟照料對方的需要。前幾年的一個半夜，K頻頻起床去上廁所，我聽到嘔吐的聲音，馬上跳起來打電話穿上外套叫計程車，十分鐘內我們已經到了國泰醫院。自己是個急診應變通！儘管接受別人幫忙令人感到彆扭，但總會幻想別人一定需要我的幫忙解決問題，任何時刻都有一種強大的英雄感在我腦袋裡作祟。

後來研究所休學那陣子，我終於把盲腸割掉了，那天半夜急診開刀是妹妹陪我來的，終究還是要有一個親友來保管衣物，醒來後張開眼睛看到媽媽也還不好意思了一下，心想媽呀妳不是在台中嗎，怎麼會這樣？不過是個小手術……這種事，年輕人自己來就行了……

接下來因為稿子交不出來，只好跟客戶電話坦承，於是企劃也來看我、阿姨也來看我……

我只是割盲腸而已耶，我的導尿管都被你們看到了。不過慶幸的是，從此我再也沒有因為肚子痛而掛急診。

請給我一個解釋
關於需要與缺乏，孤獨或寂寞

一個人真的還OK。一個人ENJOY一些事其實還行，卻每每都會被投以同情的目光。

個性這種東西，真的是每個人不同，我可以一個人把所有事情做得好好的、我可以一個人點合菜安靜地吃飯、可以一個人去MTV包廂看電影、一個人在外面旅行、一個人去淡水吃吃喝喝甚至一個人長久頑活。

這不代表我不需要愛情、朋友跟家人，只是，在長途跋涉的生命歷程裡，他們不會時時都可以陪伴在你身邊，他們總有一天也不會在你身邊。面對這樣的現實，在最需要溫暖與幫助的時候，「自己」變成最可靠的備胎。

不是孤獨，也不會寂寞。那些都是因為缺乏所帶來的情緒。我有時缺乏，泰半時間我也想要，但總要找出合理的CURE來解釋。

除了彼此需要，我們真的什麼都沒有了嗎？一個人的時候，ALWAYS SORT THIS OUT。

PRACTICE LIST

學習凝視自我｜《Tokyo boy alone》／森榮喜／2011／自轉星球
聽懂醫生說話｜《該怎麼對醫生說？》／派翠西亞・艾紐（Patricia A. Agnew）／2009／大寫出版
自己面對病痛｜《讓我們一起軟弱》／郭品潔／2003／大田出版
練習照顧自己｜《一個人的老後》／上野千鶴子／2009／時報出版

一個人的電影院

眾人皆睡我獨醒著看電影

「沒有人喜歡自己一個人進電影院看電影。」相信這句話，十個人裡會有十個人舉雙手贊成吧!?但誰敢說一個人就無法在電影院裡找到獨自看電影特有的樂趣？旅居美國大學教書的紀大偉，從自己的青春、生活，從過往至今流行的全球社會生活趨勢，旁徵博引，詮釋解讀各種不同面向的一個人的電影院，及一個人看電影的各種興味。

撰文——紀大偉

紀大偉　作家，文化評論者。曾獲聯合報中篇小說獎，聯合報極短篇小說獎等無數文學獎。著有小說集《戀物癖》、《膜》、《感官世界》等作品。現任教於政治大學台灣文學研究所。

一九八五年，伍迪愛倫的《開羅紫玫瑰》中，米亞法羅扮演的大嬸終日憔悴，只有一再上電影院，才得以身心寬慰。她永遠一個人上電影院，卻也一直在電影螢幕上發現自己並不只是一個人——她和電影中的角色在一起。

《開羅紫玫瑰》是我人生中的小小轉捩點：從此之後我開始比較認真地看電影，看完每部電影之後還要寫筆記。當然，這種行禮如儀的看電影過程是憨厚青春期才會幹的事。這樣看電影的習慣把我一而再、再而三地放在一個人看電影的情境中。一個人去MTV（一九九〇年前後的空間類似KTV，只不過顧客在包廂看市面上沒有流傳的電影；後來各種影片普遍流通之後，MTV就沒有存在空間了）——先是去公館捷運站附近的「影廬」MTV，後來去師大附中附近的「太陽系」MTV；一個人去電影圖書館（本名電影資料館）；一個人去美國各地的藝術電影院。（雖然很多美國的藝術電影院開在各大學附近，看起來還有點人氣，但是許多藝術電影院建在商業區之外的荒地，孤立在機場倉庫區，看似破敗的QK用MOTEL。）

因為多年來習慣一個人上電影院，後來得知別人看電影的習慣，就有點吃驚（當然我少見多怪了）。如，在美國和在臺灣，許多人習慣跟情人一起去看電影，至少也要有朋友陪伴才行，不然不看。後來我慢慢地——很遲鈍地——理解，為什麼別人拒絕一個人看電影：畢竟電影院是充滿情緒（emotion）的場所，是充滿情感（affect）的空間，如果一個人上電影院，那麼情緒波動的餘震（哭、笑、尖叫）要向誰／要往何處釋放？

電影院似乎不應該是一個人去的，反而該匯集人群。學校社團早就知道以辦影展之名行拉社員之實，政府和慈善團體辦活動總是少不了電影放映，軍營一直將放電影作為管理一批又一批制式士兵的工具之一。

但時勢所趨，看電影越來越是一個人做的事。雖然院線片上檔的時候，還是看見觀眾呼朋引伴出現，看見全家大小一起出席（美國人有時候喜歡全家一起上電影院），但這種場面漸漸少了。我上電影院的時候，常常發現過半觀眾是一個人，每個觀眾之間相隔兩公尺以上，其中不乏白髮蒼蒼者。這種境況在專放院線片的多廳電影院常出現，小眾的電影院更是如此。在美國，許多藝術電影院就在滾滾黃沙之中默默消失了。記得美國曾經有過汽車電影院嗎？觀眾倆倆一對（往往是情侶）乘車進入大型停車場，眼看投影幕，耳聽車內收音機（汽車電影院的音響傳送至每輛車的收音機裡）。不過汽車電影院的原址，至今都淪為鬼域，連當作免費停車場都沒人要用。

電影院早就失去集眾的能耐，原因很多。看電影當然再也不必上電影院，可以在家看碟，上網抓片。再說——我在美國教書四年之後終於體認——現在的美國年輕人不愛看電影了。電影太長了，兩小時太長，十分鐘都嫌長，美國年輕人只看一分鐘就可以看完故事的影片——所以YouTube最IN，電影出局。電視劇比電影受到年輕人青睞，雖然一齣電視劇的總長度超過一部電影，可是電視劇的每一集都切割為許多細小片段，觀眾可以從任何時間點開始看，也可以在任何時間轉台，一點也不會感受到一整部電影帶來的龐大壓力（電影一場兩小時——這對學子來說是天文數字啊！）。不過跟電視劇比起來，網路線上遊戲（包括Facebook上的簡陋遊戲）更受年輕人喜愛。電影——以及電影光碟——閃邊站吧。

我常常想起，也寫過「如果教室像電影院」這句老話——這是一九八〇年代的想像。事實上，現在美國的教室已經是電影院了，電影院也肩負了教學的任務——許多美國學生只有在上課的時候，才會看電影。大學老師不時在課堂上放電影，不然學生下課後並不會自己去看。看電影又不再是一個人單獨從事的行為，而是全班師生同樂——可是，為教學而放的電影已經不是電影了，而是教材而已。（在我的課堂上放電影，結果學生有的睡，有的忙著玩Facebook，有的玩手機。都是大學生了，我總不能禁止他們不該做啥——畢竟坐在教室裡看電影並不是人生唯一重要的事。於是，雖然我跟一百名學生同坐在教室的投影幕前，我仍然是一個人看電影。）

電影院門可羅雀，而足球場和演唱會仍然人氣暢旺。原因之一是，電影院只呈現出記憶的殘骸（膠捲上的影音），永遠不讓人看到現場。錯過一場現場球賽是可惜的，錯過一場電影卻不可惜（除非那一場有演員、導演出席）——反正電影的現場根本不存在，而電影的記憶殘骸永遠可以補看：在家中客廳，在電腦上，在手機上，偏偏不是在電影院裡。

從一九八五年到現在，在臺灣、美國、歐洲的大大小小電影院進進出出，發現我還是一個人看電影。身邊固然有電影重度上癮人士，可是他要看的量太大，電影院不能滿足他，只能猛操他的光碟機。而我在美國國內、國際的旅程（不是旅行度假，而是傷神勞力的旅程），卻被迫跟無數的陌生人一起，一個人看電影——在機場候機室，在飛機機艙裡，大家坐在一起卻各看各的畫面，同床異夢。

夏宇會說：「一個人的電影院，乘噴射機離去。」

PRACTICE LIST

電影裡的看電影｜《開羅紫玫瑰》（The Purple Rose of Cairo）／伍迪艾倫（Woody Allen）／1985

一個人看一個人｜《享受吧！一個人的旅行》（Eat, Pray, Love）／雷恩莫瑞（Ryan Murphy）／2010

看一個人的極致｜《127小時》（127 Hours）／丹尼爾波伊（Danny Boyle）／2010

傾聽一個人獨白｜《村上春樹之東尼瀧谷》（Tony Takitani）／市川隼（Ichikawa Jun）／2004

微小的幸福更具體，
真誠的創作才動人

2012誠品雜誌節【誠品雜誌學堂】

小雜誌的逆襲
——你不可不知的雜誌新趨勢

共同講者：

詹偉雄／《Soul》．《Gigs》．《短篇小說》發行人
黃威融／《小日子》總編輯
黃俊隆／《練習》總編輯

座談時間：

04/07/2012 Sat. 22:00～23:30 深夜聚會
誠品台北信義店3F Forum

04/21/2012 Sat.15:00～16:30 午後聚會
誠品台中園道店3F文學書區

聯合製作 神原意念．我城文化．自轉星球文化

Next Issue

練習

LIFESTYLE MAGAZINE
VOL.02 在一起。

讓我們練習「在一起」。

P's Questions

讀者的練習！

LIFESTYLE MAGAZINE
VOL.01 一個人。

Q 喜歡這期《練習》的內容嗎？

		超愛	喜歡	普通	沒意思
	一個人的封面	○	○	○	○
P's Instant light	一個人的吉光片羽	○	○	○	○
P's Focus	駱以軍×陳綺貞 一個人的旅館創作時光	○	○	○	○
P's Feature	一個人購物×10	○	○	○	○
	一個人完食×10	○	○	○	○
	一個人住×盧廣仲／方文山／夏夏／蘭萱	○	○	○	○
	一個人的自拍×20	○	○	○	○
P's Test	一個人的房間	○	○	○	○
P's People	李臺軍 一隻駱駝——玉山峰頂三十年	○	○	○	○
P's Big Ideas	獨處話題×中古小姐／黃麗如／聶永真／紀大偉	○	○	○	○
P's Room	All You Need is				
	music 瑪莎：In My Life by The Beatles	○	○	○	○
	book 吳家恆：一個人閱讀	○	○	○	○
	graphic 王春子：一個人遠足	○	○	○	○
	fiction 李佳穎：一人運動	○	○	○	○
	Sunday afternoon Fion：一個人的星期日下午	○	○	○	○
Practice Lessons	L01 帶便當	○	○	○	○
	L02 做運動	○	○	○	○
	L03 倒垃圾	○	○	○	○
	L04 占卜	○	○	○	○
	L05 珍惜	○	○	○	○

看完本期雜誌，快來分享你的「一個人練習題」：

Q 什麼時候你只想一個人？

Q 有遇過忽然落單的時候？當時心情如何？

Q 說說自己遇到過「還好我是一個人」的情 ？

Q 人生中獨處最久紀錄為？

也可以上網作答喔——www.facebook.com/practice.zine

可沿虛線裁剪

粘貼處　　粘貼處　　粘貼處

有什麼建議要給《練習》雜誌嗎？

STAMP HERE

一個人委員會

10671台北市臥龍街43巷11號3樓

練習雜誌 收

折線請對折

姓名　　　　年齡　　歲　男・女

地址

電話

職業

自轉星球 2012 Revolution-Star Publishing and Creation Co., Ltd.

ALL YOU NEED IS _

一個人的練習。

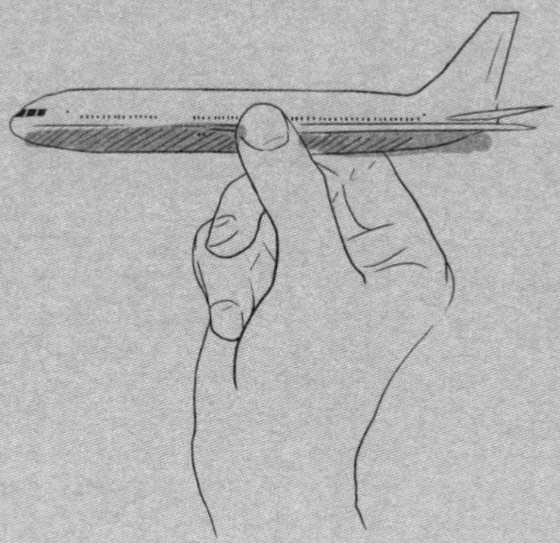

一個人的時候需要一首好歌
需要好看的書　需要有趣的圖畫
需要一個好故事　或者
需要一個寧靜的星期天下午

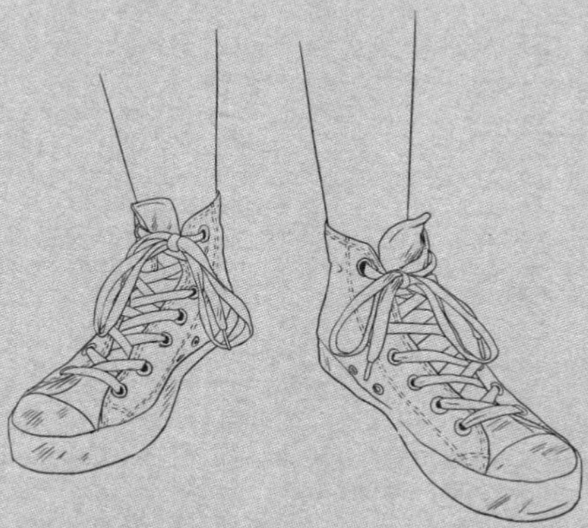

瑪莎 / 吳家恆 / 王春子 / 李佳穎 / FION

（名字順序依照內頁篇幅排列）

IN MY LIFE BY THE BEATLES

五月天　瑪莎

Though I'll know I'll never lose affection,
For people and things that went before,
I know I'll always stop and think about them,
In my life, I love you more.

二〇〇六年的一月，
決定了一個人飛去紐約生活半個多月。

為什麼非得是一個人？說來慚愧，當時即將要三十歲的自己，還沒有自己一個人獨自坐飛機出國的經驗。從第一次出國開始，我一直都是團進團出，大部份是為了工作。雖然偶有出國旅行的機會，也至少會是兩個人。所以為了讓自己證明些事情，決定不管怎麼樣都要自己一個人。自己想辦法買機票、解決住宿、安排行程，最後自己去機場，然後坐上飛向異鄉的747。

一月的紐約，非常溼冷，氣溫約在攝氏2-8度，加上綿綿的細雨，風吹來的時候，感覺刺骨且鼻酸。我在第九大道和四十八街附近訂了間公寓型B&B面向後院的二樓房間，每天早上八點起床吃完早餐出門步行到Time Square搭乘地鐵，晚上約十一、二點回到房間。對於一個想要以步行為主的觀光客來說，灰色的天空和陣陣的細雨令人厭惡。溫度還不夠冷，還不夠低到可以下雪。

紐約客的冷漠果然如Woody Allen描述的一樣令人討厭。因為他們太忙，也因為這是紐約，那個世界知名自負且冷漠的紐約。每個人幾乎都穿著深色或是黑色基調的風衣或套裝，戴著白色耳機線的耳塞式耳機，一隻手拿著Starbucks的咖啡，另外一隻手拿著今日報紙公事包或是手機。步伐小而急促，即使紅燈了沒有車也照樣過馬路。眼神只望著自己想看的方向，偶爾與他人四目交錯也只是防衛性地勉強擠出一絲微笑或乾脆「看個屁！」的視而不見。所以從第二天開始，為了不想讓自己一個人在這城市顯得太過突兀，我也開始模仿他們當個模樣上的紐約客。

我獨自戴著耳機拿著咖啡，手插口袋走過曼哈頓島上的許多地方。

我走過二十三街的Chelsea Hotel，那個曾經住過Janis Joplin、Jimi Hendrix、Bob Dylan，以及Sid Vicious殺了她女友並且被逮捕的那家旅館。我走過東五十八街的dead end，那個在伍迪艾倫電影Manhattan海報上他們一起在晨霧中凝望著Queensboro Bridge的地方，雖然那張板凳早已經不在。也何其有幸，我在某天晚上也去了東七十六街的A Rosewood Hotel微醺並奢侈地看了場伍迪愛倫和他的爵士樂團的演出。我走過了Church St.曾經是世貿大樓而今被稱為Ground Zero的遺址。我走過第七大道傳奇的Village Vanguard和西三街的Blue Note兩間傳奇爵士酒吧，還有Bowery上過了六個月後就結束營業的Punk聖地CBGB。

當然我也走過深夜空蕩的地鐵站，凝望著瑟宿熟睡的流浪漢和許多馬賽克拼花的地鐵站。酒吧門口抽著煙的男男女女言談中流動著慾望，深夜暗巷中的遊民為了地盤打架以及為了生存的絕望。

每天除了幾句點餐買東西用的英文之外，我幾乎沒有跟任何人交談。可以談話的大概只有自己，那些心裡想要說的，或是突然有感而發的某些事。在走著的時候，在地鐵站，在咖啡廳望著行人的時候，在深夜躺在床上即將結束這一天的時候，隨時都強烈感覺到我只有自己一個人。身邊是陌生的語言和陌生的人種，這樣的旅行在這樣的城市，殘酷地逼著你不得不去習慣一個人。

某個同樣陰冷的早上，吃完午餐後我沿著第八大道往北，經過了Columbus Circle後繼續沿著中央公園往北，在西七十二街，終於到了The Dakota。這棟大樓是John Lennon生前在紐約的居所，Dakota的門口，也就是他被槍殺身亡的現場。

我在大樓門口前佇立許久，想像他被槍擊的那天，也想像那年悼念他的民眾拿著蠟燭在這裡守夜的畫面。

走過對街進入中央公園，沿著蜿蜒小徑往東走，書上說這是Lennon生前最愛帶著兒子Sean一起散步的路徑。大約一百公尺之後，就看見了Strawberry Fields。這是小野洋子在公園中認養的一塊地方，十幾張的板凳圍著一個小廣場，中央就是用黑白馬色克拼貼成的Imagine。John Lennon沒有墓地，於是是這個Strawberry Fields就成了眾人弔念的地方。

我跟許多人一樣，懷著複雜的心情在旁邊的板凳坐下，看著幾個人用玫瑰和波斯菊在「Imagine」的字樣上排列著peace mark。在過程中，人們也開始在細雨中坐在板凳或駐足圍觀。排完之後，他們拿出自備的隨身聽和小喇叭，在不是很大的音量下放起了The Beatles的〈In My Life〉，在場的所人都安靜地看著那Imagine和peace mark專心聽著。

IN MY LIFE BY THE BEATLES

NEW York

瑪莎 - 超低調的貝斯手（他的FACEBOOK這麼介紹自己）高中開始玩樂團，後來幾個同學組成「五月天」。瑪莎自音樂、搖滾軸線拉出與我們分享的生活感言。

那是我長大至今很重要的magic moment。〈In My Life〉中Lennon唱著關於他生命中的過去，那些他愛的人，那些隨著時間過去但卻怎樣也抓不住的人。

他們靜靜聽著音樂凝視著剛排好的花，紅了眼眶，慢慢地擦著眼淚。很快地一遍歌曲後關掉了音樂，他們起身，放下了一張朋友的照片，禱告，並回到位置上。我心裡猜想，也許照片上的主角去世了，而這是他最後的一個願望，希望他的好友們幫他完成。

我們旅行，我們自以為是地流浪，我們練習著想要一個人，但是終其一生，我們其實一直都是一個人不是嗎?!有時候這世界變化得真的太快，而生命中那些狗屁倒灶的大小事又總不按牌理出牌，我們又真的能跟所有我們愛的人一直在一起嗎？我們說hello，然後來不及say goodbye；我們敞開雙臂甚至胸懷只為了一些溫暖，但是懷疑妒嫉猜忌計算卻帶給我們更多的不安。我們每個人從呱呱墜地一個人走來，我們練習一個人面對情感、面對世界、面對未來、面對所有的挑戰和不確定感，最後似乎什麼也都抓不住地一個人離開。我們害怕自己一個人有時卻又只想自己一個人，我們想努力地擁抱每個人，但再怎麼用力總有一天我們仍然得學著放開。

我看著微小的雨滴撒在那些花上，撒在廣場周圍的板凳人們身上，也撒在那張被放置於中央的照片上。

結束了半個月在紐約的旅程後，回台北的飛機上，我想起那天的畫面，於是戴上耳機又重聽了〈In My Life〉，看著機窗外數萬英呎高的天空發呆。我聽著Lennon的歌聲在筆記本上寫了註記，「如果那天到來，我想在自己的喪禮上播放〈In My Life〉」。

儘管這一生，像是場一個人無助而漫長的練習，但因為我們付出和擁抱所以我們留下了活過的證據和軌跡。我們不用發明燈泡或登陸月球，也用不著做大官賺大錢做大事；我只想朋友需要擁抱的時候還可以給他擁抱；愛人哭泣的時候還能夠給他依靠；偶爾失意的時候可以回頭看見你們還在，偶爾悲傷的時候可以感覺我不孤單。

這樣，就好。

最後謝謝Lennon的四句歌詞——

Though I'll know I'll never lose affection,
For people and things that went before.
I know I'll always stop and think about them,
In my life, I love you more.

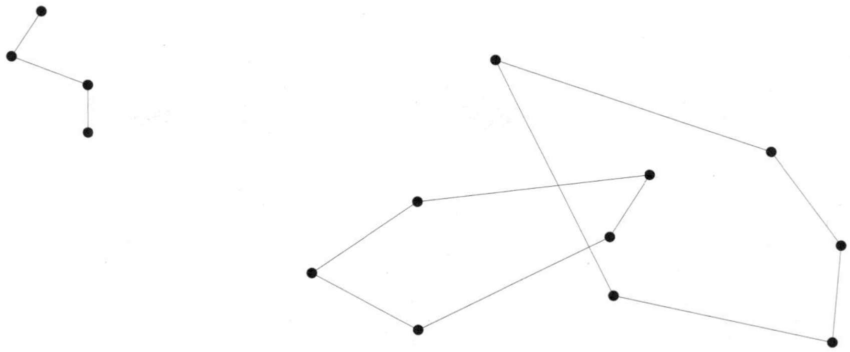

ALL YOU NEED IS BOOK

一個人閱讀

吳家恆

每個
讀書的人
都是一個
小宇宙

讓我想像
這到底
有多麼
喧鬧

閱讀（紙本書），從來都是一個人的事。

音樂可以一起聽，食物可以分著吃，褲子可以一起穿，但是，書沒辦法一起看——就算是「共讀」，也不能合看一本書、同看同一行字，除非是聽說書，但那又是另一回事了。

書這玩意兒挺麻煩的，看起來柔弱而廉價。唸書的時候，舉凡不爽老師、學校、課程、聯考，都能拿書來出氣，燒之、撕之、漬之、食之，種種整治皆無不可。從前的書上，常有「基本定價」，我從沒弄清楚那是什麼玩意兒，只是那幾元幾角的數額，給我一種低廉的印象。

但是，書同時又極為霸道。人一旦被某本書所吸引，不要說廢寢忘食，就連枕邊人也無法得知閱讀的心路歷程。只有一本書和一個人，除此之外容不下其他。每回看到書店裡散落著讀者正在翻讀某本書，這景象是安靜的，但卻是個極為耗能的場景，每個讀書的人都是一個小宇宙，讓我想像這到底有多麼喧鬧。他們可能無暇察覺有人在一旁觀察，而是沉浸在理解愛因斯坦理論的歡愉，或是不意受到楊照為文革史所寫的導讀所吸引，興味盎然地讀著作者在哈佛開「文革史」這門課，得動用到學校的劇院。

所以說，閱讀是很個人的事。順著「個人」這條線索，我想談談四種「一個人閱讀」的情境：如廁、睡前、旅行與吃飯。

在正常的狀況下，不會有旁人陪你坐馬桶，這段或長或短的時間必須自己排遣。若要閱讀的話，我覺得有幾點講究：一是基於衛生的理由，廁所的書只在廁所中讀，這道理就跟公筷是一樣的，就不在此細述了。二是書必須「拿得起放得下」，因此小說不宜。坐馬桶的時間不夠讀小說，除非是狂瀉不已。但若狂瀉，大概也沒興致讀書了。

我的首選是《讀者文摘》。胃腸通暢，隨便看幾則「珠璣集」就已解放；山雨欲來，就挑幾篇長短故事報導翻看。而且《讀者文摘》數十年秉持積極正面、光明奮發的原則，確是如廁良伴。腸道清一清，心情跟著輕，又是一個樂觀向上的好國民。

睡前跟如廁、死亡一樣，都是得獨自面對的戲碼。小說仍是不宜，不精采的小說，不值得花時間去讀，但是太過精采，喧賓奪主，反而讓自己睡不著，也是不宜，所以最好是看深奧晦澀的哲學著作。但是別挑大部頭的哲學著作，因為有用的哲學著作通常只要幾頁就能將人擺平，厚度根本是多餘。而且書太重不利於閱讀姿勢的調整，甚至會發生書砸到自己頭上的悲劇，皮肉痛是小事，砸醒了才是麻煩。

最合適的床頭哲學讀物，當屬法國當代哲學。（不建議閱讀柏拉圖的對話錄和英國經驗主義，對話和明晰的思辨有時會越讀越清醒。）如果睡不著，建議準備一本德希達或布希亞的著作，品項不拘，只要輕薄即可。以這些法國人「論述」的半夢半醒筆調來看，我懷疑他們的思考工作是在心理醫師用的長椅上完成的。

至於旅行和用餐，不必然處於一個人的狀態，但是旅行時常會有自己一個人的時刻，而人也會因著自己的生活樣態而需要獨自用餐，這時候都需要書。旅行而不帶書，除非是社交天才，有熟練的語文能力和水準以上的長相，隨時都找得到人聊天，否則一遇到零碎空閒，不是打盹就是發呆，久而久之，必會神鈍氣濁，靈性盡失。

即使讀的是很芭樂的書，只要能讓自己保持心情愉快，腦筋有運動到，開卷必定有益。旅途中的閱讀以小說為佳，厚薄、類別全看自己的旅行天數、性質、心情而定，但是也有禁忌的：乘船最好不讀《超完美風暴》，坐飛機不讀《為愛活下去》，坐火車不讀《東方快車謀殺案》，蜜月旅行也別挑新婚夫婦遭謀殺的推理小說。

此外，別拿海內孤本或是什麼傳家寶，因為帶出去旅行的書，要有「人在書不在」的打算。書有可能被淋濕、被行李折得皺巴巴，甚至，

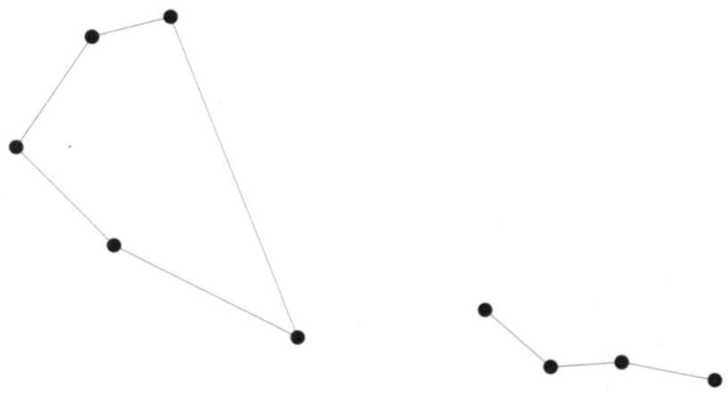

也要有當成便條紙、衛生紙和火種的打算。當行李超重時，一本書可以替你爭取五百公克的額度。

尤其在徒步旅行的時候，書的重量變得十分關鍵。我自己在一趟長途步行時，帶了王國維的《論人間詞話》和中法對照的卡繆《異鄉人》——這純粹是從耐讀著眼。我猶記得走累了在冬天的曠野中朗讀《異鄉人》的滋味，也懷念在餐桌上以《論人間詞話》下酒的痛快。

純屬個人偏見：獨自用餐而不看書，感覺上有點像是畜生，就只是把眼前的食物搬到嘴裡頭，這種情境我沒辦法接受。看電視也可以，但那很容易吃太多，不然就是邊吃邊看著電腦工作，那是沒時間吃飯的無奈選擇。

吃飯所看的書，要求很高。也是個人偏見：小說不宜，而以事典、辭典、百科全書為上選，因為這種書沒有敘述先後的問題，翻到哪裡，就看哪裡。除了題材之外，最麻煩的還是書本身的物理狀態。書的開本不能太大，否則桌上放不下，也不能太厚太重。父親吃飯時，常看梁實秋的《雅舍小品》，文字典雅和煦，豐美有味，一手持著，一手持卷，需要用到雙手時，手一反，讓書趴在桌上即可。

厚重的書還有一個毛病，就是不好翻開，所以最好是用穿線精裝的。隨便翻到哪一頁，都可以一百八十度攤平。開本要小，穿線精裝，有這種書嗎？有的，譬如DK的書。

有段時間我是以已經過世的威士忌作家Michael Jackson的MALT WHISKY COMPANION和一本聯經出版的《西洋中古史》來下飯，特別能體會小開本和線裝的好處。

現在用穿線裝訂的書不多，也很少一個人吃飯的時候，餐桌上讀書，也就少了。保不定哪天買了個iPhone，如廁、睡前、旅行都用不著書了，但我相信，餐桌還是一個人閱讀（紙本書）最後的堡壘。

—

吳家恆

留英音樂碩士，遠流出版副總編輯、古典音樂台主持人。寫樂評，著有音樂導讀書，翻譯音樂專書，而閱讀經驗不限音樂類，他可在不論室內戶外日夜四季晴雨，各種情況下閱讀。

reading list

01《讀者文摘》（*Reader's Digest*）／每月一號發刊 *02*《異鄉人》（*L'Etranger*）／卡繆（*Albert Camus*）／*2009*／麥田 *03*《論人間詞話》／王國維 *04*《雅舍小品》／梁實秋／*2008*／正中書局 *05*《麥可傑克森麥芽威士忌品飲事典》（*MALT WHISKY COMPANION*）／麥可傑克森（*MICHAEL JACKSON*）／*2011*／積木文化

一個人遠足

王春子

all you need is graphic

去年春天，終於一個人去旅行，「Be strong」上飛機前，送我到機場的L說。

一直很想試一次，自己一個人在陌生的國度，如公路電影般，一邊前進，一邊遇到一些人一些事；獨自面對未知的挑戰，感覺很瀟灑。

直到真正開始旅行，才知道我不如自己想像的勇敢。剛開始還為旅途的緊張而沮喪過，後來就慢慢習慣了。時間長了，有時候還以為將永無止盡的旅行下去；原本以為自己做不到的，一但身在其中或正在進行，就變成像日常生活一樣。

後來每離開一個城市，我就會覺得很難過。我想之後我會懷念那時，對沒去過的城市緊張，以及看著地圖，每天走上很長的路與途中遇見的朋友。

金光閃閃的—巴黎
LOOK LEFT—倫敦
微微傾斜—阿姆斯特丹
一隻張嘴的熊—柏林

paris 巴黎

離開巴黎的那天，在戴高樂機場，等待登機的時候，無聊的數著戴米妮帽子經過的小女孩，關於巴黎過去有聽說很多不同的版本，離開的那天，我用我所認識的巴黎取代，再見！過去我所以為的巴黎！

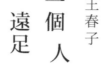

London 倫敦的一天

Amsterdam 阿姆斯特丹的房子微微傾斜

市徽

貓通常都很大且慵懶，動物的動作也都很緩慢；或許是街道都充滿大麻味吧。

每一棟房子帶著不同的角度，彼此之間保持著微妙的平衡。市徽是由三個XXX構成，聽說是紀念一個類似蘇洛的英雄，差別在他做的記號是XXX。

Berlin 柏林

路邊的咖啡座，大家都擠在有太陽的那一面，曬的臉紅紅的喝咖啡，對街在陰影下則是一個人都沒有，聽說即使是咖啡很好喝也一樣。

王春子　自由插畫家，現居八里，育有一狗一貓和一個小孩，正努力在混亂的育兒生活中維持創作。設計和插畫作品散見於書籍、雜誌。本專欄內容摘自其2008年獨自前往歐洲旅行，回台後自費獨立出版的旅遊圖文誌《一個人遠足》（已絕版）。

一人運動

李佳穎

All You is Fiction

珍妮累積了一些憤怒，
認識的人說她正在自尋煩惱。

涼爽的午後，
幾個人在戶外咖啡座上，躲在各自的煙圈後面，
對她說著比一個上飄煙圈還要輕盈的話——
妳這是自尋煩惱——
他們露出「我了解你」的表情，
目光無懼，雙眉輕蹙。
那表情讓珍妮覺得孤獨，
她對此不發一語，她專注在憤怒上，
此刻她不想檢討自己。

「為什麼沒有人願意與我好好地辯論我的憤怒？」
珍妮渴望一個反對者；
一個以「不！」「但是……」
起始或是語尾上揚的句子，
卻悲傷地發現她身邊的人
什麼時候全都開始善於分析，
提供指引。

珍妮不需要別人來肯定她正在自尋煩惱。
自尋煩惱這事幾乎可說是永遠正確的，
因為她的憤怒一點用處也沒有。
她的憤怒沒有政治力，只是一頓脾性，
落實到生活中與因甩門而夾著手扳時
鼓漲鼻翼地悶哼兩聲並無二致。

這一切化成燃油，
珍妮想找人同她吵架，
結果卻找了人同她做愛。

「如果沒有電視這種東西，我大概就會在那裡面了。」珍妮看著電視上的現場直播，畫面上一個女人揮舞著旗幟哭倒在警察的懷裡。正要被送上救護車的人們，他們的眼睛像凍死的雛鳥一樣緊緊閉著，額頭上寫字的布條掉下來蓋住了他們的嘴，記者說總計有二十多名民眾受傷送醫。

「是嗎？」立行拔下手錶放在床頭櫃上。

「無論如何，我的意思是，如果沒有電視，我就必須上街去，才知道發生了什麼事。我可能會走錯地方，但我會在那裡。」珍妮赤裸上身坐在閃亮的螢幕前，畫面又回到現場，警察從後方抱住一個男子，一把搶下他握著的木棍。「那怎麼行？太危險了。」立行把她拉進懷裡，拿走她手中的遙控器。

抗爭已經持續兩個禮拜，統治陣營與反對陣營之間的態勢仍屬僵局。反對群眾佔領首都裡的一條主要道路，他們唱歌、呼口號、揮舞旗幟並將汽笛壓得震天價響。聚集的人們招來不少賣小吃的攤販，有人沉默地出售抗爭的紀念徽章。附近一座紀念建築裡有少許靜坐的年輕人，在不遠處的國會大廈內，反對陣營代表氣急敗壞地指責統治者面對他的人民表現毫無誠意。

百鏡齊放的電視給珍妮某種掌握狀況的幻覺，豐富的影像伴隨貧乏的解說讓觀眾的憤怒降至一種「連連看」的層級，現在任何可供歸類的東西，如一隻拇指、一塊英文標語或一支旗幟都比任何一個政治人物的演說還能夠解決人民的基本疑惑，只是觀眾的憤怒顯然並不因此削弱。

「我明天要去街上找人辯論。」珍妮對立行說。

立行沒有停止動作。他以為珍妮在說一個笑話。

幾個小時後，珍妮被未關的電視吵醒。她看了看床頭的鐘，半夜三點，畫面上仍是現場轉播。珍妮突然發現她搞錯了敵人，她的憤怒還在，但她不想找人辯論了。

立行為反對黨工作，他的政治生命剛起步，是反對黨裡少數的年輕人。珍妮從媒體上了解立行，一開始立行覺得這樣有點不妥，但礙著他所處的位置，許多事他解釋起來感覺像遊說。立行不喜歡那樣，他特別不願意遊說珍妮，他寧願珍妮從電視上誤會他一些，然後用愛解釋一切。就這點看來立行還有一點理想主義者——或說年輕人的浪漫。某些時候，立行竊竊覺得自己與珍妮很親暱，珍妮什麼都反，立行則同所有正一步步接近權力的青年一樣，對權力充滿懷疑。

他倆並不相對，但更非同掛。許多年來，

珍妮與立行偶爾與異陣營的人做辯論之外的交往，觸摸擁抱進出這些事情他們做來感覺象徵意義大於實質。意識形態——或對彼此意識形態想像的撩亂讓他們總是沒頭沒腦地就興奮得一榻糊塗，像兩個永恆新鮮的陌生人。他們堅守自己的分際，一個政治人與一個政治意識強烈的人，他們不辯論，唇舌全拿來親吻。

今晚珍妮出現了離開的念頭。她覺得憤怒。電視讓她憤怒，立行憐惜的微笑讓她憤怒。珍妮不知道她將為這股憤怒做些什麼，但她有預感她需要一副自由的身體，經驗一再證明那是她唯一能改變的東西。

珍妮寫了一篇文章簡單說明她的憤怒。

「……我得到的消息越豐富，對現狀越感到憤怒。憤怒不足為繼，我們眼睜睜看見自己乾坐著讓峰擁而至的資訊吃掉稚嫩寶貴的戰鬥力，我們供出行動力換來各種被操弄的、靜態的視野，然後我們還沾沾自喜——這事讓我更加憤怒……」

她把文章丟上網路，得到四個回應。一個說她受到反對陣營矇騙，一個說她受到統治陣營矇騙，一個說她說了等於沒說，另一個問她要不要增大陽具尺寸。除了最後一個之外，其餘三個對她的文章都能舉證歷歷說之以理，珍妮遇見她無法相認的同志，但她無法確定三個符號背後到底是三個人還是兩個人還是一個人，她的氣力在這惶惶揣想之上消磨了一些。

許多時候珍妮總是被分配進某個團體中。大學時有一次她坐在教室後面聽見前頭兩個同學聊天。「是喔？又換了啊。」「對啊，他們那一群都這樣耶，我那天看到珍妮跟土木所的學長……他上一個男友是我學伴的同學，聽說……」

珍妮停下腳步，抬頭發現建築物上爬了一些植物。音樂從建築物內部向外敲，她聽見錯置的音符、走拍與重來，一切都活生生地，像那窗口垂下正摸索生長的藤蔓。她走進大樓，找到五樓的房間，裡頭有三個年輕人在練團。她輕輕靠在門邊一個空音箱上聽，他們看她進來也沒有停止練習。他們正在彈奏羅大佑的〈鹿港小鎮〉。

〈鹿港小鎮〉十八歲，珍妮也十八歲，與她年紀相仿的年輕人在一個不在台北的大學活動中心裡一邊彈電吉他一邊吼唱「台北不是我的家」，認真的裝模作樣讓靠在空音箱上的珍妮第一次感到青春。

「你會不會彈鍵盤？」彈貝斯的年輕人問她。

「不會。」珍妮說：「我只會彈鋼琴。」

「那裡，」貝斯手指著角落的鍵盤說：「電源打開就行，如果要玩的話跟著壓和絃，C開始。」

珍妮很快就發現青春開始在許多場合給她難堪，她不喜歡群體呈現出來的面貌。學校裡有個樂團透過朋友來找她，希望她在比賽裡幫忙演奏。

「我保證你會紅！」晚會開始前兩個小時，滑稽並野心勃勃的樂團主唱在後台對她說了這麼一句，好像那是她夢寐以求的報償。珍妮藉口離開會場，轉去一間她常去的MTV，連看了三支片。之後她與那主唱不曾聯絡，主唱不唱歌的時候是個青春有趣的大學生。

「我們分手吧。」珍妮對立行說。

「為什麼？」

「因為我有一些事要做。」

「那些事跟我有什麼關係？」

「那些事跟你沒有關係。那些事跟我有關係。」她說：「而我跟你有關係。」

立行沒有問她那些事是什麼事。

珍妮開始一個運動，以一天為單位，一天內如果打開電視就不吃東西，反之亦然。幾分鐘後她將「電視」擴大成報導資訊的泛稱：一天內如果讀了報紙上了網路看了電視，那一天她就不吃東西。

這不是苦行也不是抗爭手段，電視不會與她妥協，她也沒有所謂訴求。珍妮想得很簡單，她希望能夠證明她對這些二手平面資訊的慣性並沒有凌駕吃食這樣的基本需求，並且，她還有行動的熱情。

首都裡反對陣營的抗爭仍舊持續。

第一天。珍妮一早起來躺在床上，決定自己今天是要吃飯還是要看電視，她翻來覆去花了五分鐘，下床，在洗臉刷牙之前打開了電視。今天是週末，反對陣營有大型的群眾集會抗爭活動。

她讓電視開了一整天。接近中午的時候她的胃腸第一次發出咕嚕聲，當時電視上正在報導昨晚一位反對陣營民意代表「破天荒」的言論——播報員這麼形容，這已是珍妮今早來第三次看到這則「破天荒」的新聞，而她的肚子在這個時候響了，像有個小推磨咬住胃壁向前轉了兩步。

白天大半時間電視上都是抗爭集會的現場轉播，群眾安靜地聽演講、呼口號，一切看來就像這兩禮拜抗爭開始以來的任何一日。一整天珍妮只要感到餓就看電視，下午三點鐘，每一台的每一則新聞她至少都看過三次，她有點後悔了。

珍妮不停喝水，水進入胃裡的感覺越來越輕盈，她開始想像食物，她想吃加辣加醋的肉羹麵。傍晚五點，她決定明天一定要吃東西，不看電視。

然而晚上情況卻有了變化。深夜抗爭現場群眾鼓譟起來，前線一小撮人情緒突然加溫，他們衝破警方的防線，推倒拒馬，珍妮本想早點上床以睡眠止飢，卻陷入兩難。夜間十一點五十九分，她不得已關上電視，她決定將決定留至明日早晨，溫熱的電視上留下衝突現場的殘像。

禮拜日一早珍妮在不安中驚醒。她梳洗完畢坐在客廳裡盯著電視映像管上的自己，她發現自己並不餓，大概是她的胃還沒醒來。珍妮眼光移向桌上的遙控器，她感到一股衝動。

就在哪裡，昨晚她睡著之後發生的事只有咫尺之遙。群眾還在嗎？行動成了或撤了？革命了嗎？還是政變？我們將怎麼稱呼與被稱呼？

她看向窗外。今天與昨天一樣陽光晴好，鳥鳴吱喳更顯得社區安靜，偶爾有車門開關間或引擎發動熄火的聲音，接著是人的步伐。在不遠處的現場也是這樣嗎？城市這麼小，騷亂就快傳來了吧。珍妮想站起來打開門走入城市裡，但她揣摩抵達抗爭現場的情景，那對她欲了解一切的想望有幫助嗎？末了她拿起茶几上昨晚的水杯喝了一口，按下遙控器的電源。

她看了十分鐘後便瞭解昨晚行動的群眾已遭驅離，今早現場看來又恢復平靜，席地而坐的沉默群眾仍在，新聞裡播了幾個昨夜更晚時所錄的片段，抗爭群眾與警察在淨空的四線道上奔跑，旗子與棍棒齊飛。

珍妮下樓去拿報紙，出門前她將電腦開機。全都來吧，她對自己說，反正今天又是饑餓的一天。

珍妮開了一整天的電視，但多半時間她坐在電腦前，看著網路上許許多多代號忙碌地將不滿、憤恨、嘲諷與奇想放上螢幕。關於網路她覺得虛擬兩字很奇怪，好像我們不會說鬼魂是虛擬的，關於鬼魂我們只能討論存在，而對珍妮來說，面前映像管上的亮點顯然存在。她讀著那一行又一行言論先行的鬼，他們創造網路，網路也創造他們。

有代號輸入了二十頁的「幹」字；有代號找來許多外電報導加以翻譯；有代號捉對吵起嘴來；有代號深入現場照了許多相片回來放在網路上，加上消遣式註解，受到其他相同立場的代號們英雄式的讚揚。這些螢幕上一頁又一頁的符號、文字與圖像對每一個躲在螢幕後面的人到底有著什麼樣的功能呢？他們的心情改變了嗎？他們的問題得到解答嗎？他們的計畫是否因此更可行一點？如果沒有這個場所，今日世界將會如何不同？

下午兩點鐘是珍妮感到最饑餓的時候，也

是電視上最安靜的時候。群眾背著午後的太陽昏昏欲睡，輪番上台說話的政治人物聲音慢下來。許多電視台暫時關去現場轉播，恢復了例常的午間節目，在節目與節目間插播報告現場情形。珍妮胃裡發出的聲音比電視上群眾呼的口號還大聲。

傍晚她轉著遙控器，最後停在賣壓力鍋的購物台，主持人正在示範如何滷牛腱。珍妮拿出一張紙，開始將想吃的東西分配進明日三餐。早餐吃飯糰與鹹豆漿，不能去店裡吃，因為附近的早餐店都開著電視並附有免費報紙。十分鐘路程外的國中校門口斜對面停著一台子母車，有個中年婦女每天早上在騎廊裡架個桶子，賣現包的飯糰和簡單的三明治。只有甜豆漿，那就甜豆漿吧。中午吃肉羹麵，吃蛋餅，晚上吃咖哩飯，想吃的還有好多。最後珍妮開始寫食材，她決定明天一早去一趟市場。晚上八點她將電視與電腦關機，上床睡覺。

凌晨四點珍妮張開眼。她躺在床上想自己已經整整兩天沒吃東西。上一次這麼餓是什麼時候？上一次兩天沒看電視沒上網是什麼時候？她記不得。如果立行知道會說什麼？為什麼不就上街去，去找人辯論或去「知道發生了什麼事」，立行說。這是我跟我自己的事，珍妮說。

她下床走進浴室，看著鏡子裡的自己，重新綁了馬尾，將洗手台上的髮絲撿乾淨，從杯裡挑出立行留下的牙刷丟進垃圾桶。珍妮丟過許多牙刷，不很難。為電視挨餓難多了，如同上街去知道發生什麼事一樣難。

早上七點。珍妮向中年婦女買了早餐，騎摩托車去市場買了一背包的菜，回到家十點，一個小時煮午餐，一個小時吃午餐。一個小時午睡，一個小時備課。她在補習班當導師，除了講課不與人說話，晚上課程結束後回到家，半個小時煮晚餐，半個小時吃晚餐，兩個小時改學生作業，十二點上床——但她時時刻刻渴望知道現在發生了什麼事，她感到被拋棄，在夢裡哭了。

冰箱食物吃完的那一天，珍妮騎摩托車上街，緩緩接近反對群眾佔據的主要道路，心砰砰跳，她小心挑選身上的裝扮，衣服的顏色，身體的姿態，臉上的表情，避免被分配進任何團體，她來到那條主要道路，穿過那條主要道路，她看著後照鏡裡的車流與安全島上的清潔隊員，人到哪裡去了？發生了什麼事？她想問。但他們會以為她在說一個笑話。

轉了一圈，珍妮回到家，洗了澡，打開電視，像打開一個舊好的愛人。

//

李佳穎　一九九九年《聯合文學》小說新人獎短篇小說首獎。
出版有短篇小說集《不吠》、《47個流浪漢種》、《小碎肉末》等書。

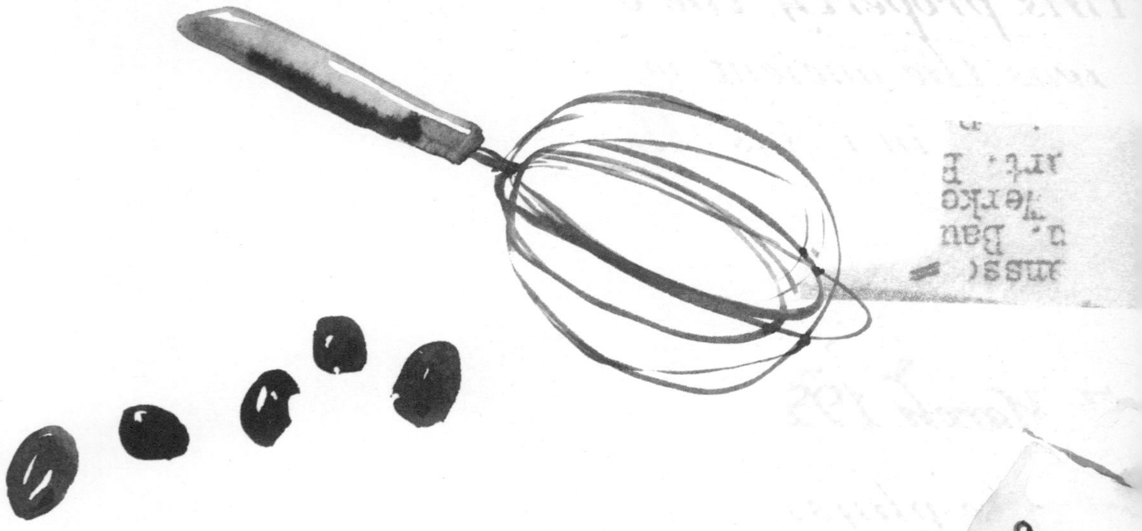

一個人的星期日下午

ALL YOU NEED IS SUNDAY AFTERNOON

喜歡芭蕉多於香蕉；買不到芭蕉時就買香蕉，但挑帶綠色一點的，有點酸的香氣，比濃黃色的熟甜氣味，討我喜歡多一點。

斜陽淺照在客廳的沙發上，沙發布被烘的有些溫暖，即使吃過豪華月子餐，一年到頭腳丫子總還是冷冰冰，蜷曲起來讓陽光的溫度暖和著，然，又是一堆食譜書陪伴的星期天下午。

Fion

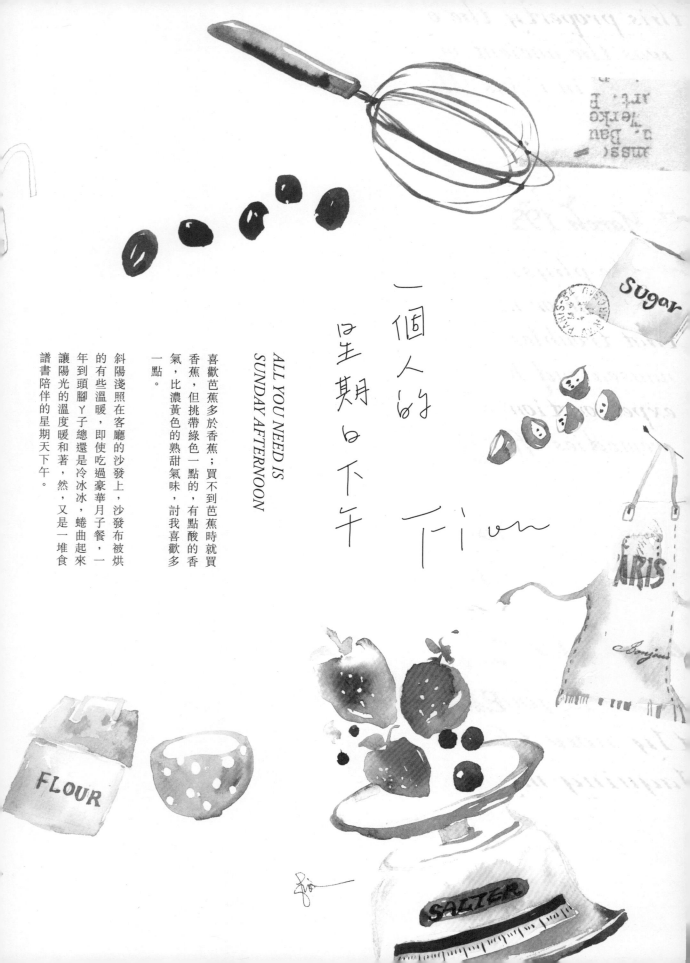

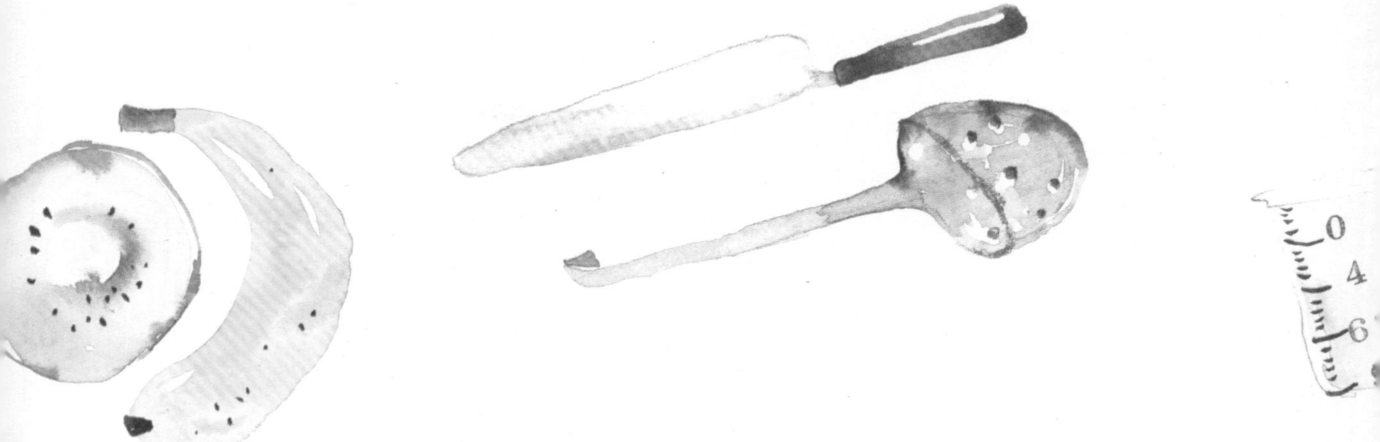

廚房的烤箱看起來已經預熱好，奶黃色的蛋糕麵糊，緩緩流入四方形的蛋糕模裡。通常這個下午，泰半會有兩個多小時珍貴的媽媽自我時間，烘培便像是最喜歡選修的自修課程。也不是多大心願要當廚師，只不過覺得能作上幾道讓孩子記在心裡的「媽媽味道」，一直是當媽媽後心底一個小小心願。所以儘管香菇雞湯總少了點甘甜、燉牛肉都已經三小時還是沒有入口即化、海綿蛋糕有些塌陷的小小沮喪，日常生活之間仍然繼續跟著食譜們，練習著「美食可以讓人幸福的信念」。

煮滾的糖水，抹在斜切的香蕉和奇異果上、一家子都喜歡的草莓不用考慮成本的多放了兩倍、放涼的海綿蛋糕上塗上利口酒與混了焦香杏仁角的奶油，新鮮的綠色薄荷葉放在紅色的草莓旁顯得亮眼，我認為它是最聽話的香草植物，總長的茂盛不用讓人太過擔心；糖水和著草莓流入海綿蛋糕的酸甜氣味悄悄飄散在空氣中……

門鈴響起。

「是草莓蛋糕！」寶貝們推開門嚷著。

斜陽不知不覺地從窗邊溜走，留下一屋子的蛋糕香氣。

Fion

本名強雅貞，很會想像，很會織夢，對南法有種莫名的迷戀。著迷JUNK STYLE生活物件，矢志在地球城市之間流蕩發現會心角落。目前的新家在紐西蘭。曾出版《雜貨talk》、《就是愛生活》、《換個峇里島時間》、《一直往外跑》、《遇見臺北角落》、《臺北・微旅行》，與多本禮物書。

一個人的練習卷

人工閱卷答案卡 —— 101學年度

姓名	電話
地址	

一個人吃

	已練習	未練習
1、蛋糕	☺	😐
2、燒烤	☺	😐
3、牛排	☺	😐
4、PIZZA	☺	😐
5、鐵板燒	☺	😐
6、麻辣鍋	☺	😐
7、吃到飽	☺	😐
8、冰淇淋	☺	😐
9、旋轉壽司	☺	😐
10、熱炒100	☺	😐

一個人挑戰

	已練習	未練習
1、跨年	☺	😐
2、捐血	☺	😐
3、爬山	☺	😐
4、看夜景	☺	😐
5、泡溫泉	☺	😐
6、大掃除	☺	😐
7、唱KTV	☺	😐
8、掛急診	☺	😐
9、聽演唱會	☺	😐
10、出國旅行	☺	😐

一個人逛

	已練習	未練習
1、夜市	☺	😐
2、書店	☺	😐
3、動物園	☺	😐
4、藥妝店	☺	😐
5、美術館	☺	😐
6、傢具店	☺	😐
7、健身房	☺	😐
8、遊樂園	☺	😐
9、大賣場	☺	😐
10、百貨公司	☺	😐

測驗說明：

1. 本練習卷共計30題單選題，作答標準為你是否曾獨自完成以上項目。
2. 上網作答還有機會抽中「練習雜誌終身免費訂戶資格」。
3. 相關訊息請上 Facebook「練習雜誌」粉絲團 www.facebook.com/practice.zine

策畫＝自轉星球編輯部・圖＝aPple Wu

練習課

Lesson One
帶便當

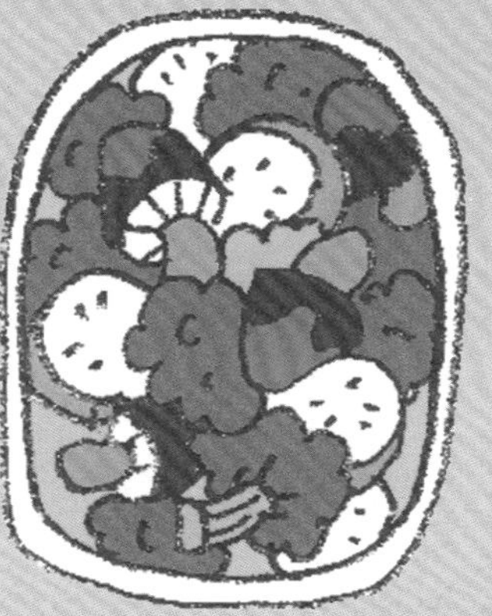

愛妻便當？愛心便當？
沒人給你帶便當怎麼辦，
那就自己來吧！

Preparing

準備
便當盒

工欲善其事必先利其器。便當盒先準備好，才能好好帶便當，注意使用加熱器具是蒸鍋或是微波爐，選擇鐵質或塑膠便當盒。

塑膠便當盒加熱要點

※注意便當盒主體的塑膠材質是否可加熱。請認明PP♷聚丙烯塑膠分類標誌。

※密封保鮮盒微波加熱會變形爆裂，務必鬆開保鮮蓋。

※分隔一多，平日午餐也變豪華！但微波加熱時，記得取下便當盒之間的橡膠圈，避免變形或釋放毒素。

Cooking

嚴選便當菜連連看

試著練習幫以下左邊五種基本便當菜找到組成自己的材料吧，上市場的時候就不怕買錯或漏買囉！

便當菜採買要點

※綠色葉菜久煮或者重複加熱會容易變黃，可以多選根莖類、黃紅色蔬菜。

※水果入菜，紅色小番茄好看又好吃，鳳梨切片酸甜美味。

※沒時間熬高湯嗎？雞湯塊、鮮雞粉，提升滋味的祕密武器。

※電話隨時放手邊，到瓶頸趕緊打給媽媽求救，順便連絡感情。

花椰佐鮮菇

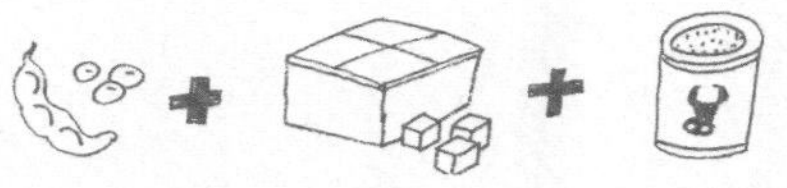

毛豆炒豆干

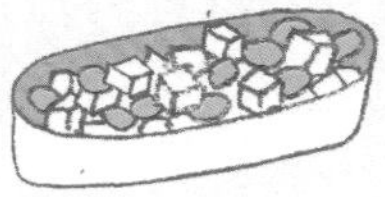

芥菜炒肉絲

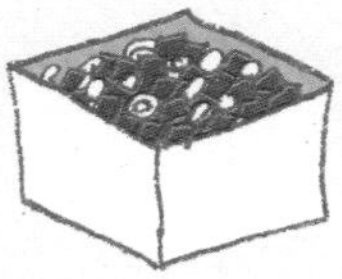

紅燒滷肉

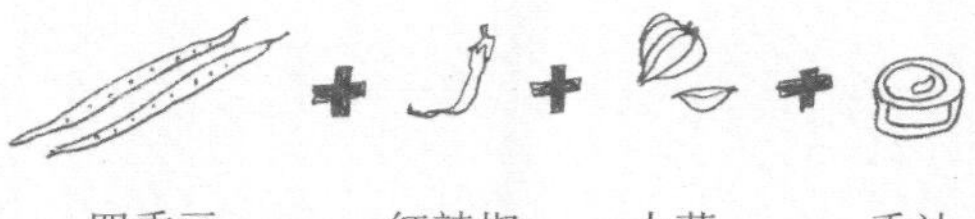

清炒四季豆

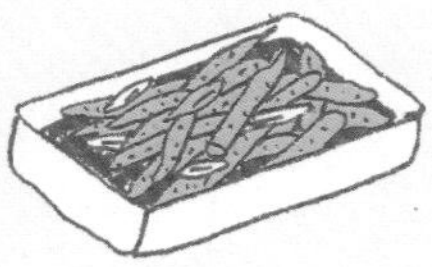

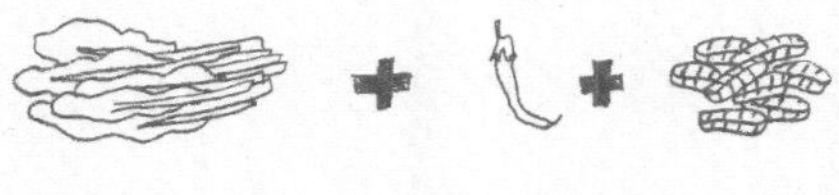

練習課

Lesson Two
做運動

運動這回事啊，
原本就是除了你自己
誰也幫不了你的呀！

Check List

一個人挑戰過了嗎？

250 Cal.

練習課

Lesson Three

倒垃圾

讓我猜猜看，

你一個人住，時常加班，

這星期已經累積三天沒倒垃圾了。

Solutons

倒垃圾是非題

定點定時垃圾不落地，對獨居生活者來說可算是每日大考驗。假設今晚倒垃圾時間和下班時間都是六點半，以下為是非題，請畫○×。

作答開始！

1.（　）
2.（　）
3.（　）
4.（　）
5.（　）
6.（　）
7.（　）
8.（　）

2、3為違法行為，答案為×，1、7為乖寶答案○，其餘選項請自行斟酌。
本篇內容全為虛構，如有雷同純屬巧合！

1. 查詢垃圾車清運路線和時間，大老遠跑去隔壁里鄰丟。

2. 塞進路邊垃圾桶。

3. 半夜偷偷拿去放路邊。

4. 隔天偷偷帶去公
司丟。

5.「〇╳的今天又
來不及回家倒垃
圾！」從五點開始
一路飆髒話。

6. 說聲「先走啦！」
早退回家倒垃圾。

7. 算了吧，看開一
點，全部積到星
期六再丟吧。

練習課

Lesson Four

占卜

沒人可商量，
就要練習自己做決定，
選張撲克牌占卜一下吧！

Divination

撲克牌占卜

一個人左思右想還是作不了決定的時候，就用占卜來輔助吧。

※本單元提供十二張撲克牌，請從中憑直覺選出一張，對照參閱下頁的解答！

題目設計／佛洛阿德

梅花 9

目前你的運勢相當背，真是諸事不順，而且一波未平一波又起，讓你很焦慮，會很煩惱，睡眠也受到影響，白天精神欠佳，出錯率跟著又變高，形成惡性循環。求神拜佛多做好事，以求脫離衰運是個方式，面對自己做的錯事，不逃避進行補救工作。

梅花 6

目前你有點走衰運，工作和生活頻頻出包，主要是你太恍神，不太專心所以老是出錯，建議你最好立即認錯，別推卸責任，道歉時嘴再甜一些，只要不是扯到公司帳務和業績問題，周遭的人應該還是會原諒你，再給你一次機會，安全過關，不用太擔心。

紅心 2

你手中的企劃案，現在正是拿出來決勝負的時候，成功説服客戶和上司的機率很高，所以帶著自信上戰場吧！如果你心癢想要跳槽到其他公司，這段時期換工作的運勢也很旺，多投履歷表，會有貴人賞識你，達成你的願望，得到加薪升遷的好福利。

方塊 7

目前的你很有冒險精神，對於想做的事情，會一股作氣完成，當然你也有考慮到失敗的可能性，會預先做好準備，損失在你能夠承受範圍之內，你會勇敢去做，不讓自己將來後悔此時沒有採取行動。

黑桃 3

你的想法偏負面，現在的你正覺得生活枯竭，百無聊賴，急需充電，建議你安排密集進修課程，讓學習動能改變你的心情，若去念學位還附帶有加薪好康，或從嗜好下手，學習攝影、烹飪等才藝都不錯，說不定未來有一天還能晉升興趣達人行列。

方塊 5

進入破財期，東西和財物會遺失，有時是你閃神掉了，怪不得旁人，有時是你遇上三隻手，錢包被扒走，購物時也要小心物品有損壞，或是一時被商品宣傳詞令拐騙，收到物品的時候會很失望，變成網路購物冤大頭的機率很高。

方塊 9

現在你正在走偏財運，所以抽獎活動和樂透彩券都可試試手氣，節省薪水放入投資管道也不錯。既然財神爺都親自到你家門口了，你要記得打開門，別讓神明吃閉門羹，下次不知神明何時願意再光臨了。

紅心 3

桃花運很旺的時期，不想再孤家寡人的單身者，建議強力散發求愛電波，趕緊央求親朋好友牽紅線，有暗戀對象也可進行猛烈攻勢。但已有交往對象者，在外則要注意和異性保持安全距離，以免醋海生波，沒好日子過。

紅心 5

你受到感情困擾，單身族的你不是苦無交往對象，就是暗戀他人卻不敢表白；有交往對象的你，和情人常因芝麻小事意見不合，又不知如何化解，相處氣氛因此急凍，不時懷疑兩人是否該繼續走下去，一時半刻走不出愛情迷宮。

黑桃 4

目前不適合向前衝，風險很高，你無法承受，想告白者，收到好人卡機率頗高，想轉職會碰壁，最好還是維持現狀，因為時機未到，按兵不動會比較保險。戀愛方面建議再觀察，工作方面等到有更完整計劃再出手。

黑桃 6

最近腦袋瓜子很靈光，很有創意跟靈感，做起事來也相當有效率，甚至能夠超前進度，很有成就感。朋友會來找你幫忙出主意，你也會針對情況，給予適切的實用建議，有助他們化解難題。

梅花 A

告別過去，邁向自信心增強的時期，你有著正面樂觀的能量，現在也適合改頭換面，不如從更換造型和習慣的服裝風格做起，讓自己從外型就不一樣，帶給大家嶄新的印象，順道告知他人，你準備好要重新開始了。

練習課

Lesson Five

珍惜

因為只有一個。

心愛的人

地球

神

自己的身體

真相

John Lennon

此刻

機會

我／你